Colección Narrativa

Fanáticos de Borges

Jorge Bonells

Fanáticos de Borges

(Fotonovela frangollo)

ediciones del
subsuelo
Barcelona 2025

© de esta edición **Ediciones del Subsuelo S.L.U. 2025**
c/ Nàpols, 282 5º 4ª - 08025 Barcelona
www.edicionesdelsubsuelo.com

ISBN: 978-84-129747-4-4
Depósito legal: B 18899-2025

Diseño de la cubierta: Elsa Suárez Girard

Impresión y encuadernación: Ulzama Digital
Polígono Industrial Areta, calle 33 - 31620 Huarte

A Lluís Pau i Vilà (1952-2022), rockero celeste

No hay nada peor que el frangollo, si no es la fácil perfección de la solemnidad. Este será un libro de eminente frangollo, es decir de la máxima descortesía en que puede incurrirse con un lector, salvo otra descortesía mayor aún, tan usada: la del libro vacío y perfecto.

MACEDONIO FERNÁNDEZ
Museo de la novela de la Eterna

frangollo (lunfardo) = chapuza

1

Quisiera conmemorar a mi manera el trigésimo noveno aniversario de la muerte de Jorge Luis Borges, acaecida el 14 de junio de 1986 en Ginebra y, puesto en esas, conmemorar también el ciento veintiséis aniversario de su nacimiento en Buenos Aires, un 24 de agosto lluvioso de 1899. Me gustan los aniversarios. Las conmemoraciones. No sé muy bien por qué. Es así. No soy el único, claro. Lo que me hace diferente de los demás es que yo no me dejo llevar, o no siempre, por esa ladina dictadura de los números redondos. Que son mucho peores que los números primos. ¿Por qué habría de festejar uno siempre, obligatoriamente, fechas múltiples de cinco o de diez, y no fechas aleatorias elegidas al azar, cuando a uno le parece bien? Yo, en todo caso, festejo los aniversarios cuando se me canta.

Hay una razón que justifica con creces mi actitud algo chulesca, lo reconozco: soy el primero en haber fundado, hace años, un club de fanáticos de Borges que ha perdurado, según como se mire, con un único miembro permanente, yo, hasta hoy. Que se disolverá, evidentemente, cuando fallezca. No me queda mucho. Aunque nadie haya sabido nunca nada de él. De dicho club. O casi nadie. Tanto mejor. Las cosas que se saben poco cuelan más y mejor que las que se saben mucho. Me parece a mí. Eso me concede una legitimidad, creo, de la que otros carecen para conmemorar lo que me dé la gana respecto al escritor argentino.

No es la primera vez que festejo el aniversario de un escritor conocido. En 2006 publiqué un *Esperando a Beckett* para celebrar, contradiciendo lo que he dicho al principio, el centenario del nacimiento de Samuel Beckett. Confieso que me pilló por sorpresa. No había preparado nada y de pronto me di cuenta de que tenía que escribir algo sobre Samuel Beckett si quería poder escribir algo sobre mí. Eso hice. Rápido y corriendo. Comoquiera que sea, quedé bastante satisfecho con lo que salió. A algunos les gustó el resultado. A otros, menos. A otros, nada. Normal. No pasa nada.

Con Borges ha sido distinto. Con él me he ido preparando desde hace tiempo. Desde que lo leí por vez primera. Sin saber que me preparaba para esa efeméride. Fundé el club de fanáticos de Borges con dicha intención. A principios de la primavera de 1972. En París, adonde me había ido a vivir dos años antes. Sin saber que tenía dicha intención. Lo sé ahora. Al escribir esto. Con las intenciones pasa siempre lo mismo. Uno nunca sabe que las tiene. Se entera de ello cuando ya las ha tenido. No antes. Cuando ya no sirve de nada saberlo. No recuerdo bien cómo fue la cosa. O quizás sí. Querer recordar bien lo que uno recuerda mal es bastante absurdo. Y, sobre todo, inútil. Es ir en contra del recuerdo mismo. Queriendo ir a favor de él. Pasa a menudo. Mejor lo dejo. Borges es pues el segundo escritor B al que dedico un libro aniversario. En *Esperando a Beckett* dejé claro que, aparte de los escritores K, fuera de concurso por ser la K una letra bastante rara, que ni siquiera es letra ni nada y que en sánscrito, por lo que dice Roberto Calasso que lo sabe todo, significa «¿quién?», los escritores B son los que más me llenan. Mis preferidos. En 2027 le dedicaré un libro a Roberto Bolaño para conmemorar el vigésimo cuarto aniversario de su muerte. Si entre tanto no ha resucitado. Si le da por resucitar, me callaré y no conmemoraré nada. No quiero hacer un papelón. Por si las moscas, acumulo material. Es mi proyecto futuro. El último. Sobre todo, porque ya habré dejado definitivamente detrás de mí a Beckett y a Borges. Tengo dos años por delante. Espero aguantar hasta ahí. Creo que me saldrá bien. Y si no sale bien, qué se le va a hacer. Me habré divertido.

Yo llegué a Borges algo tarde. Los jóvenes españoles de mi generación y de mi condición no leíamos a Borges. Leíamos a Cortázar. Leíamos a Sabato. Leíamos a Vargas Llosa. Algunos ultramodernos, medio maricones y que estaban al tanto de todo, leían a Manuel Puig. Los más ultras leían a Néstor Sánchez. A Borges, no. Entre otras cosas porque nadie lo había editado en España. En Argentina sí. Faltaría más. Editorial Emecé. Yo ni siquiera sabía que Borges existía. Exagero un pelín. Para darme pisto. Lo sabía sin saberlo. De refilón. Borges era un rumor. Con los rumores hay que ir con cuidado. Nunca se corresponden con lo que hay detrás. O con lo que hay delante. O encima... o debajo... o no sé dónde... En 1961, le habían dado el premio Formentor *ex aequo* con Samuel Beckett. Y quien se lo había dado era, entre otros editores europeos *branchés*, Carlos Barral, que estaba siempre moreno, iba de marino por la vida y comenzaba a dar premios a diestro y siniestro. Con buen criterio, eso sí. Editores como él se echan en falta. Los actuales son en su mayoría unos zopencos. Sobre todo los jóvenes. Como saben inglés, creen que con eso basta. Antes, los editores sabían sólo algo de francés. Como Dios manda. Eso les bastaba. A Carlos Barral le bastaba. Comoquiera que sea, un premio a Borges en Formentor, *ex aequo* con Beckett, era como dar una ensaimada o una sobrasada a dos fantasmas. Después de aquel premio, a Borges no pararon de premiarle y de agasajarle y de enaltecerle. En Francia. En Alemania. En Islandia. En EE. UU. En Italia. En Inglaterra. ¿Qué sé yo dónde más? Pareciera, incluso, que estuvieron a punto de darle el Nobel en

1965 y no se lo dieron no se sabe aún muy bien por qué, y prefirieron dárselo al ruso Shólojov. Un tostón de ruso. Como casi todos los escritores rusos. O a mí me lo parecen. Pues muy bien. En España nadie se enteraba de que le daban cosas a Borges. O muy pocos. La élite de la élite. Los viejos. Es normal que los viejos se interesen por los viejos. Borges tenía ya más de sesenta pirulos. Los jóvenes no leen a alguien con más de sesenta pirulos. Ni los de antes, ni los de hoy. Y que encima habla de cosas raras. El infinito. La inmortalidad. Los gauchos. Los espejos. Los laberintos. Los cuchillos. Los tigres. ¿A quién se le ocurre hablar de tigres con todos los temas importantes que había en aquel entonces en España? Santiago Carrillo afirmaba que el franquismo era un tigre de papel, pero nadie establecía la relación con Borges. Fernando Claudín lo intentó y por eso lo echaron del Partido. Por insinuarlo en pleno comité central, delante de la Pasionaria: «¡Camaradas, las condiciones históricas de la lucha de clases en España han cambiado. El tigre no es de papel, sino de piedra berroqueña. Apoyémonos en Borges para derrocar a Franco!». Jorge Semprún, que era su amigo, le echó un cable, porque al ser medio francés estaba al tanto de todo y se conocía a Borges al dedillo. «¡Camaradas, insistió solidariamente en un postrer intento para convencerlos con un argumento algo desesperado, con tigre o sin tigre, la política no es un circo. O no tendría que serlo!» Pues nada. Ambos a la calle. A la puta calle.

Un año antes, a finales de enero de 1963, Borges vino a Madrid para poder discutir por última vez, según dijo, con Rafael Cansinos Assens, que era el Macedonio Fernández gallego.

De paso, dio unas conferencias en el Ateneo y en algún otro lado, después de cuarenta años de haberse ido de España con sus alforjas llenas de visiones ultraístas. Se fue hecho todo un mozalbete y volvió hecho todo un vejete. Se fue con ideas raras y complicadas y volvió con ideas aún más raras y aún más complicadas de lo sencillas que eran. En 1964 volvió de nuevo para visitar Santiago de Compostela. Con su amiga y secretaria María Esther Vázquez. Borges ha estado toda su vida rodeado de secretarias. Con las que ha escrito libros a veces memorables. Con Betina Edelberg, «una morena muy encantadora», escribió un guion para ballet, *La imagen perdida* (1953) y un *Leopoldo Lugones* (1955); con Margarita Guerrero un *Martín Fierro* (1953) y *El libro de los seres imaginarios* (1967); con Alicia Jurado *Qué es el budismo* (1976); con la susodicha María Esther Vázquez, una *Introducción a la literatura inglesa* (1965) y un manual sobre las *Antiguas literaturas germánicas* (1966) que retomaba y ampliaba un texto de 1951 escrito en colaboración con la señorita Delia Ingenieros; con María Luisa Levinson, un cuento, «La hermana de Eloísa» (1955). Con María Kodama, que comenzó siendo su estudiante y acabó siendo su viuda, un libro de viajes, *Atlas* (1984). Pero, a decir verdad, con secretaria o sin ella, en España nadie lo leía. O muy pocos. Juan Domingo Perón sí lo leía, en su departamento del Viso, en la calle Doctor Arce número 11. Con Ava Gardner de vecina. En el dúplex de arriba. Armando quilombo noche sí, noche también, con Luis Miguel Dominguín o con el primer banderillero o picador o torero de cuarta que cayera o con los cantaores Rafael Romero o El Gallina. Las festichuelas que montaba en aquel piso eran memorables. Han dejado poso.

«¡Perón, cabrón... Perón, maricón!» le gritaba la Gardner medio o totalmente borracha cuando el general sacaba la cabeza a las tantas de la noche por la ventana, fuera de sí, para quejarse del ruido, sin poder concentrarse en la lectura de Borges. A escondidas, lo leía. Sin decírselo a nadie. Ni a sus perros, ni a su mujer, una tal Isabelita que ni siquiera se llamaba Isabel sino María Estela, ni a su mayordomo, ni a Carmen Polo de Franco, la mujer del dictador español y amiga íntima de la tal Isabelita con quien tomaba a menudo el té y de paso comparaban dictadores y dictaduras.

Al enterarse de que Borges iba a dar una serie de conferencias en la capital de España, Perón anuló todas sus citas y encuentros con gente importante y con peronistas de paso por Madrid y se preparó para el evento. Releyó todos los libros de Borges que tenía a mano. Estaba bastante emocionado. Sentía que tenía una deuda con él, y tener una deuda con Borges era como tenerla consigo mismo y con la Argentina y con el universo. Quizá al peronismo le hubiera ido mejor, pensó, con Borges de aliado que con Borges de enemigo: «Borges y Perón, un solo corazón», musitó muy quedo para que nadie le oyera. Bueno, a lo hecho, pecho, se dijo en el castellano más castizo que comenzaba a pegársele un tanto. Era ya demasiado tarde para cambiar el sino de la historia. En su exilio madrileño, para luchar contra el aburrimiento que a menudo le invadía, Perón se divertía imaginándose de amigo confraternal de Borges, formando un trío con Bioy Casares, discutiendo de literatura y de filosofía y de mujeres, jamás de política. «Otro gallo me cantara», reflexionaba melancólico, «si así hubiere sido. La política es la continuación de la literatura por otros medios», añadía para consolarse, intentando creer que dicha ocurrencia le pertenecía. El jueves 31 de enero a las siete y media de la tarde, en el Ateneo de Madrid, calle Prado número 21, Perón estaba ahí, con peluca, bigote negro, gabardina beige y gafas oscuras para que nadie lo reconociera, y nadie lo reconoció de entre las cerca de trescientas personas que acudieron al acto. Borges habló aquella tarde de la metáfora y todos aplaudieron a romper.

Al día siguiente, el uno de febrero, la conferencia de Borges en el Instituto de Cultura Hispánica, en Reyes Católicos número 4, a las seis y media de la tarde, versó sobre literatura fantástica. A Perón le pareció que la literatura fantástica tal como la describía Borges era una de las muchas modalidades de la política fantástica que él encarnó en su momento y que le acabó saliendo rana cuando lo echaron de su propio país de mala manera, en septiembre de 1955, los curas y los milicos. Con el beneplácito de los Estados Unidos y del presidente Eisenhower. En la conferencia del dos de febrero, organizada por el Club de Amigos de la Unesco en el Instituto Municipal de Educación de la calle Mejía Lequerica número 21, a las siete de la tarde esta vez, Borges disertó sobre la poesía de los celtas. La última conferencia, el tres de febrero a las siete y media de la tarde, en la sede de la Asociación Española de Cooperación Europea, en la Gran Vía (José Antonio) 43, fue sobre la poesía gauchesca. Perón asistió a todas. No se perdió ni una. Disfrazado siempre igual. En esta última, Borges, ya totalmente cegato pero con un olfato de lince, le dijo en un aparte al poeta español Vicente Aleixandre, que asistía al evento: «Huele raro acá». «Cómo que huele raro», dijo Aleixandre, sorprendido. «Huele a Perón», sentenció Borges, abriendo las aletas de la nariz para significar a su colega poeta que sabía de qué hablaba y que a él no se la daban con queso, por más que no viera nada o muy poco. La cosa no pasó a mayores, porque Borges era todo un caballero y no quiso indisponer a sus anfitriones, pero se fue de España con la mosca tras la oreja, convencido de que alguien lo había engañado. De todos modos, a él le daba igual España. A él lo que le gustaba era Francia. En Francia sí se le leía de veras. En francés, que es como mejor se le podía leer. Publicado por Gallimard y traducido por Roger Caillois y por Néstor Ibarra. Este último se inventaba palabras y frases pensando que eran mejores que las utilizadas por Borges, sin que nunca lo fueran. Ni siquiera eran peores: eran horribles. Borges, magnánimo, le perdonaba esos deslices, porque de todos modos lo que él decía lo hubiera podido decir cualquiera con las mismas palabras o con otras totalmente distintas, pero idénticas.

FICTIONS
par
JORGE LUIS BORGES
traduit de l'espagnol par
P. VERDEVOYE et N. IBARRA
Collection dirigée
par ROGER CAILLOIS
LA CROIX
DU SUD
nrf
GALLIMARD

Además, los *Cahiers de l'Herne* del joven noble Dominique de Roux, acababan de sacar un número especial en su honor y eso le compensaba con creces. En España, mientras tanto, nada de nada. En España sólo se lo podía leer en la colección «Piragua» de Emecé, importada de Buenos Aires con unas portadas de escándalo, de lo feas que eran. De tan horribles, ahora me parecen preciosas. Las colecciono.

Antes, cuando volvía a Barcelona para las vacaciones, iba los domingos al mercado de San Antonio y compraba todos los ejemplares de «Piragua» que veía. Me daba igual el título del libro. El autor. A Antonio Rabinad, que además de novelista tenía un tenderete de libros usados en dicho mercado, le compré varios. *El proceso* de Kafka. *La condena*, del mismo. *El extranjero* de Camus. *El poder y la gloria* de Greene. *Homo ludens* de Huizinga... Qué sé yo cuántos más. Antonio Rabinad es un escritor muy bueno que nadie conoce ni ha conocido jamás. O muy pocos. A menudo, es tan bueno como Marsé, pero no tan vivo. Es un Marsé triste. Por qué te interesas por la colección «Piragua», me preguntó un día, intrigado. Porque soy un fanático de Borges, le respondí. Vas mal, chico, me contestó y pasó a otra cosa.

Los libros de Emecé llegaban cuando llegaban. Y sólo se vendían en librerías selectas. O algo pijas. Y de contrabando. O de semicontrabando. Como también pasaba con los libros de Losada o de Sudamericana o de Siglo XXI o de Joaquín Mortiz. Todas ellas editoriales argentinas y mexicanas fundadas por republicanos exiliados, gallegos, catalanes, asturianos, lo que fuera. Periféricos todos. Era una época en que para ser un buen editor había que ser periférico. Si no lo eras, eras un mal editor. Aquellos libros, medio de contrabando, eran además mucho más caros que los libros de Planeta o de Salvat o de Destino o de Plaza y Janés. La librería del Drugstore del Paseo de Gracia de Barcelona, por ejemplo, se había especializado en ellos.

Estaba instalada en una especie de altillo dentro del Drugstore y a través de las estanterías y de los libros se veía todo lo que pasaba en el bar de la planta baja y todo lo que no pasaba. Alguna vez vi allí algún libro de Borges. Estaba como de adorno. Para hacer bulto. O eso me parecía a mí. Comprar *d'estranquis* un libro de Borges en España, donde Perón había encontrado refugio y donde su mujer tomaba el té con la mujer de Franco comparando dictaduras y dictadores y abrigos de pieles y collares, era el colmo. Hoy me parece el colmo. Entonces no me parecía nada. Perón, para mí, era otro gran desconocido. Más que Borges, incluso. Así eran las cosas. No había nada que hacer. Un fantasma recorría España. El fantasma de Borges. Y yo, como tantos otros, ni me enteraba.

2

Le debo el verdadero descubrimiento de Borges a mi amigo Arturo, con quien, en la primavera de 1972, me puse a compartir piso en París, en la rue Jarry número 13, cerca de la Gare de l'Est. Fue él quien me dijo un día que había que leer a Borges. Y Borges ¿quién es?, le pregunté para hacerme el listillo. Borges no es QUIÉN, me contestó, Borges es QUÉ. Aquello me pilló por sorpresa. Confieso que no supe qué quería decirme. Veía que estaba diciéndome algo, sin saber qué, y me dio vergüenza preguntarle ¿qué de qué? Aún hoy no sé si sé. De pronto me vinieron a la mente aquellas horribles portadas de Emecé en el Drugstore del Paseo de Gracia que te echaban para atrás, y le dije que Borges no me gustaba. Sin haberlo leído nunca, claro. Aplicaba, con años de antelación, las teorías de Pierre Bayard sobre la posibilidad o la necesidad o la necedad de hablar de libros que uno no ha leído, teorías, por más que se diga, típicamente borgesianas (y no borgianas).[1]

1. No sé de dónde viene lo de decir «borgiano», que sería un derivado lógico de Borgia, nunca de Borges. A nadie se le ocurriría

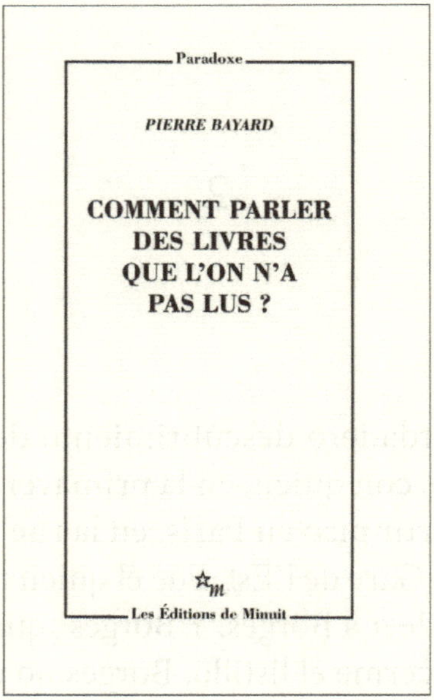

Mi amigo Arturo sabía mucho de literatura. Y mucho de muchas otras cosas. Por de pronto, era mayor que yo. Cuatro o cinco años más. Y llevaba barba. Y era de Zamora. Y conocía de refilón a Agustín García Calvo que también era de Zamora. Y vivía en París desde hacía mucho más tiempo que yo. O lo que a mí me parecía mucho más tiempo: él llegó en septiembre del 66, yo en agosto

decir, por ejemplo, «galdiano» (de Galdós), sino «galdosiano», o «beckiano», sino «beckettiano», o «conriano», sino «conradiano». Sólo con los apellidos trisilábicos o de más de tres sílabas se impone, para no alargar demasiado el derivado, la amputación de una sílaba del nombre propio: «cervantino» en lugar de «cervantesino».

del 70. En pleno verano. Ante mis reticencias, mi amigo Arturo insistió: léelo otra vez, pero esta vez léelo bien. Y en qué consiste leerlo bien, le pregunté. En no leerlo mal, contestó sin inmutarse. Y, acto seguido, buscó entre sus libros y me pasó *El Aleph*. Publicado por editorial Planeta. Feísimo. Más feo incluso que los libros de la colección «Piragua» de Emecé. En una colección que se llamaba «Grandes narradores universales». Con una portada marrón. Blanca y marrón. Horrible. Y una foto de Borges en la solapa que no era de Borges sino de su colega Eduardo Mallea. Una confusión editorial que habla por sí sola. De lo burros que podían ser los de Planeta.

A editorial Planeta se le han criticado muchas cosas. Algunas con fundamento. Otras sin. En todo caso, que yo sepa, fue la primera que publicó a Borges en España. Eso nadie se lo quita. Sólo por dicha razón se le tiene que perdonar todo lo demás. Que es mucho. A la editorial y al señor Lara. Lo publicó antes que Plaza y Janés, que en 1971 sacó en un solo volumen *El informe de Brodie* e *Historia universal de la infamia*.

Antes que Alianza, que comenzó a publicar a Borges en su colección de bolsillo en 1971. Tres libros de una tacada: *El Aleph*, *Ficciones* e *Historia de la eternidad*, números 309, 320 y 338 respectivamente.

Seguí el consejo de mi amigo Arturo, y como no tenía nada mejor que hacer, aquella misma noche leí *El Aleph*. De un tirón. Leerlo fue para mí como subirme a un *ring* con Cassius Clay y no querer que el *round* se termine nunca. O como jugar una partida de ajedrez con Bobby Fischer y vivir un jaque mate infinito desde la primera jugada. O besar y meterle mano en sesión continua e interminable a la Ava Gardner de *La noche de la iguana* saliendo del agua en los asientos traseros de un cine de barrio, el Spring en el paseo de la Bonanova de Barcelona, por poner uno, porque es al que yo iba de pequeñito.

A partir de entonces, ya no paré. Aquello no tenía nada que ver con la lucha de clases. Ni con la revolución. Ni con el proletariado. Me avergonzaba leer algo que no tuviera nada que ver ni con la lucha de clases ni con la revolución ni, sobre todo, con el proletariado, por lo que lo leía a escondidas. Lo leía en la clandestinidad. Mezclado con libros de Lenin y de Althusser y de Marx y de Mao. Algunos leen entre líneas. Yo leía entre libros. Para que nadie se avivara de que leía a Borges. Para despistar. Como si fuera el *Penthouse* o el *Playboy* o el *Mayfair*, ocultos entre las páginas centrales de *Le Monde*. O del *Pekín Información*. O de *Mundo Obrero*. Y en cuanto podía, me hacía la paja Borges. Antes de hacerme la paja Lenin. O la paja Mao. Para quedar bien conmigo mismo. No paraba de pajearme con uno y con otro. Leer *El hacedor* después de leer *El imperialismo, fase superior del capitalismo* era una gozada.

Una verdadera gozada. Lo aconsejo a los jóvenes de hoy, si los hay, que quieran iniciarse al marxismo-leninismo. Y al neoliberalismo. Y a Vargas Llosa. Y a las cuentas *off-shore* en paraísos fiscales. Por qué no.

***

La idea de fundar un club de fanáticos de Borges me vino de golpe. Aquella misma noche. O la siguiente. Fue un pronto. Para no sentirme solo, como Groucho Marx en el club de sí mismo, se lo propuse a mi amigo Arturo. Me dijo inmediatamente que sí. La idea le gustaba. No sabía cómo no se le había ocurrido a él antes. Al principio no fue un club. Fue una célula. Secreta. Similar a las células del partido comunista. Nadie tenía que saber que existía. Salvo nosotros dos: Arturo y yo. Al compartir piso, el día en que nos tocaba reunión, nos quedábamos hasta las tantas discutiendo de Borges. Su libro favorito era la *Historia universal de la infamia*. Su cuento favorito era, según su estado de ánimo, o bien el del impostor Tom de Castro, o bien el del tintorero Hákim de Merv. Yo, fiel a mi desvirgamiento, prefería *El Aleph* y el cuento «Abenjacán el Bojarí, muerto en su laberinto».

La idea de laberinto siempre me ha cautivado. Me ha cautivado porque nunca la he entendido. La veo contradictoria. O bien un laberinto no tiene salida y entonces no es un laberinto, sino una cárcel o una mónada. O bien sí tiene salida y entonces cualquier lugar es un laberinto, por lo que, si todo es laberinto, nada lo es. Queda la tercera solución, que mezcla las dos opciones precedentes: si uno no puede escapar de un laberinto, por más que haya una salida en algún lado, nosotros mismos somos el laberinto. El cuento de Borges me parecía evocar dicha paradoja. Dicho misterio. Dicha sinrazón. Un día se me ocurrió plantearle a mi amigo Arturo la cuestión de la lucha de clases en semejantes términos: si todo es lucha de clases, le dije, nada lo es, y mi amigo Arturo me dijo que ni se me ocurriera plantearlo fuera del club. Y mucho menos ante algún miembro del Partido que se cruzara en nuestro camino. Tenía que quedar entre nosotros. Si quedaba entre nosotros, añadió, él no me denunciaría. Y así fue. Nunca me denunció. El gran problema con Borges es precisamente ese: que mientras lo lees, te hace leerlo todo con los lentes que él te presta. Todo quiere decir todo: el mundo, la literatura, sus libros. Él mismo. Y también uno mismo, claro. Verse uno a sí mismo a través de los lentes Borges da gusto. Y da pavor. Verse con el prisma Borges es sentirse de pronto amenazado por la desaparición. Y por la aparición, que es una amenaza aún mayor. Una desaparición mayor. Aparecer de pronto después de haber desaparecido, o de creer que uno ha desaparecido, puede llegar a ser *spaventoso*. Borges es como un agujero negro del que nada o casi nada, o muy poco, se escapa. Puede que se escape algún destello. Algún fulgor. Sin «puede». Seguro que algo se escapa. Pues también ese destello, ese fulgor, esa lucecita es Borges. Leerse con los lentes Borges equivale a instalarse en el desasosiego de la aparición permanente de nosotros ante nosotros y en nosotros. Así no hay manera de ponerse uno en pausa de sí mismo. Y no poder ponerse en pausa de uno mismo es como alcanzar el nirvana desde la locura. O al revés: la locura desde el nirvana. Nos paseamos en nosotros como Cantinflas en *Sube y baja*. ¡Genial, la película! Sin poder bajarnos de ese ascensor, para arriba y para abajo. Del bocho a los pies y de los pies al bocho.

Leer a Borges es subirse en el ascensor Cantinflas. Para resumir: nadie lee a Borges como pudiera querer leerlo. Como deseara querer leerlo. Sin los lentes que él te da con la lectura misma. Todos lo leemos como Borges quiere que lo leamos. Y, mientras lo leemos, todos leemos el mundo o las cosas o a Él o a nosotros, como él quiere que se lea el mundo o las cosas o Él o nosotros. A algunos, incluso, les gusta tanto esa manera a la Borges de leer el mundo que lo continúan leyendo así incluso después de cerrar el libro de él que están leyendo. Esto es un engorro. Entre otras cosas porque tiene una prolongación teórica que pertenece también, cómo no, a Borges: si escribir y leer, como él pretende, son lo mismo, dos facetas de una misma actividad, lo insuperable, leemos lo que leemos, tanto si es un libro como si es el mundo o la realidad o lo que sea, como si lo estuviéramos escribiendo, porque en lo que está escrito queda incluida la lectura de lo escrito, la única lectura posible de lo escrito, la que Borges propone con lo que ha escrito.

Todo esto que acabo de decir de forma, lo reconozco, algo alambicada, lo resumió en su día, perfectamente, de forma sintética, el escritor polaco Witold Gombrowicz, que vivió en la Argentina cerca de veinticinco años, de 1939 a 1963, y sabía de qué hablaba. Gombrowicz nunca quiso leer a Borges porque no quería ponerse los lentes Borges para leerse a sí mismo, y les dio un consejo a los argentinos, que nadie siguió, por cierto: «Maten a Borges». Es un poco salvaje esto, pero tenía toda la razón del mundo. Este es un consejo que tendríamos que seguir todos. Sí, tenemos que matar a Borges, cuanto antes sea mejor, porque Borges nos está matando. Porque Borges no nos deja pensar nada fuera de Borges.

3

Jorge, me dijo mi amigo Arturo al cabo de un tiempo, tendríamos que llevar a cabo alguna acción concreta con la que justificar nuestra existencia como club de fanáticos de Borges, ¿no te parece? Para salir del solipsismo Borges en el que nos estamos consumiendo. Aunque sea una mera acción simbólica. Inaugural. Los símbolos, a menudo, son mejores y más eficaces que la realidad, porque también son realidad, pero condensados en una pastilla. Tenía razón, salvo que no sabíamos qué hacer, ni por dónde empezar. Empezar mal es lo peor que puede pasarte en la vida. Si no quieres acabar mal. Un revolucionario como Dios manda, por más borgesiano que sea, si pretende llevar la revolución a buen puerto, tiene que tener siempre en mente la pregunta que Lenin planteó a las mil maravillas en su panfleto de 1902: *¿Qué hacer?* El Palacio de Invierno sólo se conquista sabiendo que se quiere conquistar.

A menudo, sin embargo, tener las ideas claras no basta. Se necesita un catalizador. Fue por aquellas mismas fechas cuando conocí al argentino Palacios. Él fue nuestro Lenin, el que nos sacó del atolladero. Momentáneamente, pero nos sacó. Para dejarnos de nuevo en él. Lo conocí en el seminario de Pierre Vilar en la École Pratique des Hautes Études de la rue de Varenne al que me acababa de apuntar. El argentino Palacios era otro fanático de Borges. Más que nosotros, si cabe. Sin haber pensado nunca en crear un club. Ni de fanáticos de Borges ni de fanáticos de nada. Él no lo necesitaba. Llevaba a Borges dentro. Antes de leerlo, él se lo había comido. No es una metáfora, no. Es la pura realidad. O para ser más exactos, es algo, entre metáfora y realidad, para lo que no hay palabra. Comerse a Borges puede ser una delicia. Y puede ser indigesto. Ahora explico por qué. En cuanto le hablé a Palacios de nuestro club, se avino de inmediato a formar parte de él. Ya éramos tres.

Palacios rondaba los cuarenta. No sé si por arriba o por abajo. Era ya todo un señor. Tenía carretera. Había vivido en Buenos Aires. Había vivido en Madrid. Había vivido en Ámsterdam. Ahora vivía en París. Me aseguró que más tarde pensaba irse a vivir a Londres. Cuánto es más tarde, le pregunté. Cuando acabe la tesis, me contestó. ¿Y te queda mucho?, pregunté. Me queda, contestó, algo escueto. Aquella era una época en la que aún se hacían tesis de verdad, no como hoy que cualquiera hace una tesis en dos patadas sobre cualquier cosa y cuela, sencillamente porque el supuesto catedrático que la dirige también hizo su tesis en dos patadas y así le salió. El argentino Palacios preparaba una tesis sesuda con Pierre Vilar sobre nación y carnicería en la República Argentina. El tema me sorprendió.

Con Pierre Vilar la gente trabajaba en tesis la mar de raras. No todos. Algunos. Eso sí, todos o casi todos —alguna excepción habría— trabajábamos sobre la cuestión nacional. En Cuba... en Suecia... en Irán... en todos los países latinoamericanos habidos y por haber... en Francia... en España. Había estudiantes de todas las edades y de todas las nacionalidades. Una treintena. Recuerdo a un catalán mucho más viejo que Pierre Vilar. Rondaba los setenta. O los ochenta. No sé de dónde salía. Hacer una tesis con quien sea cerca de los ochenta pirulos es un signo evidente de optimismo. Y de confianza en el porvenir. O de desesperación absoluta. Radical. No sé muy bien. Y había más chicos que chicas. Por lo que se ve, la cuestión nacional interesaba más a los chicos que a las chicas. Hoy en día no sé a quién interesa más. El tema de la nación se ha puesto de moda. Cualquier idiota habla de él sin tener la más puta idea. Puro barniz verbal. En aquella época, no. Era un tema excéntrico. Algo carca. En uno de los primeros seminarios del año, el argentino Palacios expuso el estado de sus investigaciones sobre el desarrollo y la consolidación del sentimiento nacional argentino en relación con el desarrollo de la implantación de las carnicerías en todo el país, por lo esencial en las zonas urbanas para las que Palacios disponía de datos estadísticos de fiar (con Pierre Vilar si no tenías estadísticas en mano no podías trabajar): Buenos Aires, Gran Buenos Aires, La Plata, Santa Fe, Córdoba, Mendoza, Rosario, Río Gallegos, Bahía Blanca, Mar del Plata. Quizá alguna ciudad más. Puede ser. Lo que expuso Palacios me pareció originalísimo. Relacionar el consumo de pollos, de carne de vaca, de corderos, de conejos con el desarrollo del sentimiento patrio me pareció muy novedoso. Nadie antes había pensado en ello. En Francia, por ejemplo, es algo que convendría analizar. Sobre todo hoy, para comprender el avance del Frente Nacional. O en España. La tradición porcina catalana, con miles y miles de fuets de todo tipo y otras longanizas y butifarras interminables e infinitas —algo borgesianas, pues—, me parece poder relacionarse con la expansión del sentimiento nacional catalán y su peculiaridad, haciendo de los catalanes el judío peninsular a partir del momento precisamente en que se expulsa al judío. El catalán es como el cerdito metamorfoseado del relato cristiano, del mismo modo que los judíos lo son. Lo que explicaría el odio permanente de los españoles-castellanos-cristianos en contra de ellos. Hagan lo que hagan. Y su equiparación con el judío por su supuesta tacañería. La antropóloga francesa Claudine Fabre-Vassas estudió el tema en un libro esclarecedor: *La bête singulière. Les juifs, les chrétiens et le cochon* (1994). A Pierre Vilar, todo eso también le pareció novedoso. Él era un precursor. Ese es el camino que hay que seguir, nos dijo. Con datos concretos. Hablar por hablar nunca tendría que ser lo propio del historiador. De los políticos, sí. De los filósofos, igual. De los opinadores, ídem de ídem. Michel Foucault es el mejor ejemplo de lo que digo, añadió. Cuanto más habla, más tonterías dice. Y cuantas más tonterías dice, más cosas geniales se piensa la gente que dice. Qué se le va a hacer. No hay vuelta de hoja. Así es. Los historiadores serios tendrían que ser siempre comedidos con lo que escriben. Sobre todo cuando hablan de la nación. Sobre la nación se dicen siempre muchas sandeces. Todo el mundo se cree capacitado para decir cosas sobre la nación. Todo cuela. Cualquier sandez cuela. Pero para hablar de la nación de forma sensata no hay nada mejor que vestir las palabras con números. Los números son el preservativo de la estupidez. Como hace vuestro colega Palacios. Y no como el papanatas de Foucault. Estábamos todos subyugados por cómo Pierre Vilar se metía con Michel Foucault, con el que, en aquella época, nadie se atrevía a meterse. Hoy tampoco. Creo incluso que alguien aplaudió. Alguien o todos, ya no sé. La mujer de Pierre Vilar, archivista de profesión, que asistía a menudo a sus clases, sí aplaudió. Eso seguro. A romper. Ella era una fan incondicional de su marido. Y aparentemente también le cargaba Foucault. Un día, a la salida, al acabar la clase, esta era de cuatro a seis, los jueves, me quedé hablando con el argentino Palacios. Fue él más bien quien habló. Yo escuchaba. Admirativo. Me dijo que la idea de la tesis le había venido de su papá y de su infancia y del barrio en el que vivía, lo que a menudo es más o menos lo mismo, y, añadió muy serio él, me ha venido sobre todo de Borges. Borges es el responsable de que yo haga una tesis sobre carnicería y nación. Me quedé de piedra. ¿Cómo puede ser? pensé. Era. Así. Como voy a explicarlo.

***

Resulta que el papá de Palacios era carnicero. La familia vivía en el Once, el barrio de los rusos, que es como se llama a los judíos en Buenos Aires, en un departamento encima de la carnicería de la planta baja, con una escalera que permitía pasar de la vivienda a la tienda por dentro y no por fuera. Carnicero y peronista, el papá.

Palacios no era peronista. Palacios era antiperonista. No podía ser de otro modo. Para cagar a su papá. Y no era anticarnicero porque es absurdo ser anticarnicero. O a él le parecía absurdo. Me lo dijo. A menos de ser uno vegetariano. O tonto. Él no lo era. Ni una cosa, ni otra. Él odiaba la carnicería, eso es todo. Este odio, que no me dejaba vivir, me dijo, me lo transmitió Borges. Gracias a Borges, lo que no me dejaba vivir se convirtió de pronto en lo que me hizo vivir. Y la mejor manera de santificar su odio por la carnicería fue poniéndose a escribir una tesis como la que estaba escribiendo. Después de haber intentado otras vías. Ninguna le dio resultado. Todas acabaron pareciéndole truchas. La tesis sobre el sentimiento patrio y el desarrollo de las carnicerías en la República Argentina no. A mí me parece normal que el hijo de un carnicero odie la carnicería, por más que continúe comiendo carne. Pero ¿qué tenía que ver Borges con toda esa historia? Palacios me lo explicó con pelos y señales mientras caminábamos por la rue de Varenne hacia el boulevard Raspail y luego mientras andábamos por el boulevard Raspail hacia el boulevard Saint-Germain y luego mientras andábamos por no sé dónde hacia no sé dónde, que siempre acababa siendo el metro de Saint-Michel. Mi papá, me dijo, compraba la carne al por mayor en el mercado de concentración municipal de Abasto en la calle Corrientes, donde se vendían pollos, conejos, vacas, carneros, cerdos, y olía fatal. Palacios estaba en plena adolescencia y ayudaba a su papá en la carnicería familiar de la calle Deán Funes, lo que ya de por sí era un signo, y cuando no lo ayudaba estudiaba, en horario de noche, como un condenado en una academia de barrio, para no tener que desplumar pollos y cortar bifes toda su puta vida. La perspectiva de ser también él carnicero lo ponía fatal. Del tomate, lo ponía. A veces, cuando por alguna razón se quedaba solo en la carnicería y nadie lo veía, se echaba a llorar y regaba la carne que andaba por ahí, encima de la mesada, con sus lágrimas llenas de sal. Era un precursor de Rocky-Stallone, pero en vez de pegarle piñas a las colitas de cuadril las rociaba con llanto. Luego, las vendía a las señoras del barrio y la gente comía asado bañado en las lágrimas saladas de Palacios, lo que le daba un sabor excelso que las mismas señoras, cuando volvían al día siguiente o a la semana siguiente a la carnicería a comprar más carne, ensalzaban ante el papá, henchido de orgullo cual un pavo real. Ellas ignoraban, claro, que habían comido carne regada de tristeza, de desasosiego y de soledad. Otras veces, Palacios no lloraba y daba puntapiés a los costillares de vaca que colgaban de un garfio en la trastienda frigorífica a la espera de ser troceados. Quizá fuera de rabia. Quizá de pena. Quizá de no sé qué. Pero darles, les daba. Otras ni lloraba ni daba puntapiés a nada ni a nadie, sino que se quedaba inmóvil detrás del mostrador o en algún rincón de la carnicería o en su cuarto, sin tener la menor idea de lo que aquella inmovilidad significaba, por más que supiera que significaba algo. Aún hoy no sé exactamente qué, me dijo Palacios cuando ya estábamos por llegar a la rue du Bac. Hago una tesis para saberlo. A un chico, de digamos quince años, estar todo el día, o parte del día, rodeado de carne que huele fatal le plantea no pocos problemas. En realidad, un único problema: el olor a carne se le pega a la piel y las chicas, por más que se frote y se lave y se perfume, se echan para atrás nada más acercárseles, porque ellas prefieren un chico que no tenga ese tufo a sangre y a vísceras y a pollo desplumado con olor a chamusquina. En este rechazo del mal olor, el joven Palacios coincidía con Borges, a quien la promiscuidad olfativa de las carnicerías también echaba para atrás. No nos olvidemos que en sus años mozos Borges escribió un poema donde expresa con claridad sus reticencias respecto a la carne vacuna. Recordémoslo, porque es cortito:

Carnicería

Más vil que un lupanar
La carnicería rubrica como una afrenta la calle.
Sobre el dintel
Una ciega cabeza de vaca
Preside el aquelarre
De carne charra y mármoles finales
Con la remota majestad de un ídolo.

(*Fervor de Buenos Aires*, 1923)

Equiparar una carnicería con un lupanar no deja de tener su gracia. Se ve, en todo caso, por dónde van los tiros. Los tiros del Borges jovencito. Y los del más mayorcito. Lo que lo amedrentaba, vamos. Lo que le tiraba. Cuando algo te amedrenta y te tira de joven, ese algo te amedrenta y te tira también de viejo. A finales de junio de 1946, a Borges, hasta entonces bibliotecario en la biblioteca Miguel Cané en la calle Carlos Calvo del barrio de Boedo, la municipalidad peronista de Buenos Aires lo nombró inspector de aves de corral en el mercado de concentración municipal de Abasto, calle Corrientes, donde el papá de Palacios solía ir a abastecerse.

Querían cagarle la vida y aquella era la mejor manera, les pareció, de cagársela. Acertaron. Borges, al recibir la noticia de su nuevo nombramiento, se quedó de piedra. Yo nada sabía de dicha historia y al enterarme también me quedé de piedra. Así, a primera vista, me pareció que el peronismo se había pasado de la raya. Yo sabía muy poco de peronismo, ya lo he dicho. De tan poco que sabía, ni siquiera sabía que nadie sabía nada de peronismo, ni siquiera los peronistas mismos. Ni los argentinos en su inmensa mayoría. Son, sin lugar a duda, los que saben menos de peronismo, aunque crean los muy conchudos que son los únicos que saben algo. Si yo hubiera sabido más, habría comprendido que el peronismo no se pasaba de ninguna raya: él era la raya. Borges estaba hecho un mar de dudas. No sabía si aceptar o no aceptar su nuevo cargo. Le preguntó a su mamá. Su mamá, que era la sensatez hecha mujer, le dijo: Ve a ver al menos cómo es, Georgie. Puede que te dé para un cuento de gallinas y conejos. O un poema corto. ¿Quién sabe?

Eso hizo. Recordó el poema escrito con veinte años sobre las carnicerías y se dijo que por fin iba a poder ir al lupanar aquel al que nunca había ido. Borges era de un natural curioso. Siempre lo fue. El mundo, para él, era una biblioteca y en dicha biblioteca tenían también cabida, por qué no, las aves de corral y los carniceros y los matarifes. Y la venganza que, como todos sabemos, es un motor sin par de la literatura. Y de la metafísica. Sin estar aún seguro de ello, Borges se sentía atraído, más que por la grandilocuencia ampulosa y algo ramplona de las dagas y las espadas con empuñadura de plata y zafiros que aparecían en algunos de sus relatos y poemas, por los sencillos cuchillos con mango de cuero usado o de madera y por la muerte a la que todo buen cuchillo está, más tarde o más temprano, predestinado. Por su posición social, se sentía obligado con las primeras; por sus deseos imperiosos e inaccesibles de encanallarse, con los segundos. Una mañana le bastó y le sobró en aquel mercado de concentración municipal de Abasto para comprenderlo y así urdir su venganza. Literaria, como debía ser. Para no parecer displicente, porque era un hombre educado y meticuloso, inspeccionó, con más desidia que convicción, tres o cuatro pollos y algunos conejos que le parecieron sanos, y de inmediato, después de haber puesto el *imprimatur* de la municipalidad donde había que estamparlo, en algún papel perdido como los de Cervantes quizá, dimitió sin sentirse obligado a dar más explicaciones. Las explicaciones se daban solas. El lupanar del mercado de concentración municipal no estaba hecho para él. Pero la experiencia le vino bien. Le abrió un universo plasmado en cuentos y poemas, donde los cuchillos se convertirían en protagonistas, en referencia a la afrenta sufrida y que no estaba dispuesto a perdonar, ni por supuesto a olvidar. Vos que admirás *El Aleph*, me dijo Palacios deteniéndose, casi ya al final de nuestra caminata, te habrás dado cuenta de ello. Antes, en *Ficciones*, el acero era casi siempre el de la espada gloriosa o del alfanje exótico o del puñal cincelado en Toledo o en Damasco, más nobles, sin duda alguna, pero menos tangibles y reales que un simple cuchillo pampero, convertido, como en el «Tadeo Cruz» o en «El hombre en el umbral» o en «El otro duelo» o en «Un cuchillo en el norte», en personaje central del relato o del poema. Aquel día de finales de junio de 1946, nefasto para Borges y glorioso para la literatura argentina y mundial, mi papá volvió a casa, además de con la carne de la semana para la carnicería, con tres o cuatro pollos aún con sus plumas y sus patas y su cresta a los que Borges había dado, horrorizado, el visto bueno, como los adolescentes que sumergen por primera vez su nariz entre los senos de una meretriz, justo antes de renunciar a su nuevo cargo. Lo cagaron bien cagado, al Borges ese, dijo escueto con una breve sonrisa en los labios. Se lo merece por bacán y por orejudo.

4

Con el tiempo, ya no sé si esa historia es verdad o es mentira. Si continuar creyéndomela o no. Me gustaría que fuera cierta, aunque sólo fuera un poquitín. No sé cuándo comenzaron a asaltarme las dudas al respecto. Quizá cuando comenzaron a asaltarme también las dudas sobre lo de la revolución y lo de la lucha de clases y lo del marxismo-leninismo. Desde entonces, no he parado de aplicar Borges al materialismo dialéctico y el materialismo dialéctico a Borges. Ambos se iluminan mutuamente. La repetición infinita de uno es la repetición infinita del otro, aunque desde dos ángulos distintos. Radicalmente distintos, si se quiere… pero idénticas la repetición y la infinitud que los sustenta y los abriga. Por eso me digo que, a falta de ser cierto al cien por cien lo del pollo Borges, si lo fuera durante, pongamos, un ratito, qué sé yo, dos o tres minutos o dos o tres segundos o dos o tres milésimas de segundo, o de tres a cuatro de la tarde, estaríamos salvados… yo estaría salvado… el mundo estaría salvado… la literatura estaría salvada… y Borges… y su mamá, doña Leonor… y Marx y Lenin y Ho Chi Minh estarían salvados… Perón no. Ese sí que no. A Perón no lo salva ni Dios. No sé por qué me cae gordo ese hombre. Siempre me ha caído gordo. Por más que haya sido un tardío fan de Borges en su exilio madrileño. Arrepentido de cómo le había tratado nombrándolo inspector de pollos y conejos. Leyéndolo a escondidas de sí mismo en su departamento de la calle doctor Arce en el barrio del Viso de Madrid. Aprendiéndose de memoria algunos de sus poemas para rememorarlos melancólico antes de irse a dormir y encontrar el sueño:

Bruscamente la tarde se ha aclarado
Porque ya cae la lluvia minuciosa.
Cae o cayó. La lluvia es una cosa
Que sin duda sucede en el pasado.

Quien la oye caer ha recobrado
El tiempo en que la suerte venturosa
Le reveló una flor llamada rosa
Y el curioso color del colorado.

Esta lluvia que ciega los cristales
Alegrará en perdidos arrabales
Las negras uvas de una parra en cierto

Patio que ya no existe. La mojada
Tarde me trae la voz, la voz deseada,
De mi padre que vuelve y que no ha muerto.

(*El hacedor*, 1960)

No, a Perón no lo hubiéramos aceptado nunca en nuestro club de fanáticos de Borges. Por facha. Por falso amigo de los trabajadores. Por cornudo. Por milico. Por idiota. Aunque nos lo hubiera suplicado de rodillas, no lo hubiéramos aceptado. En cambio, a Mick Jagger sí. Con los brazos abiertos. Presidente de honor lo hubiéramos nombrado, a Jagger. Y secretario general. Y todo lo que él hubiera querido. Hubiera sido nuestra Pasionaria íntima. Privada. A la Wittgenstein. Jagger es un Borges en plan rockero. Vestido de rockero. Con pose de andrógino rockero.

Jagger es Boedo y es Florida. Es el payador y es el gaucho... el compadrito y el cuchillo... Con Keith Richards en el papel de Bioy. O de lo que sea. Al calcetín Borges le das la vuelta y te encuentras con el calcetín Jagger. Y viceversa. Borges iba por la vida en plan Borges, pero en cuanto supo de los Stones, se puso a ir por la vida en plan Jagger disfrazado de Borges. Para que su mami no se diera cuenta. Ni se enfadara con él. Se percató, después de tanto y tanto tiempo escribiendo, de que por fin tenía un contrincante a su medida y lo aceptó como una bendición del cielo. Eso le dio alas. Alas poéticas. A decir verdad, su poesía se había quedado algo estancada y Jagger le permitió salir del estancamiento en el que se había sumido. Tanto honor y tanto premio no es bueno para nadie. Uno se amodorra. Se duerme en los laureles. Y más los escritores. Y todavía más un señor que ve mal. Que ni siquiera se pone lentes para ver mejor. Al no necesitarlos por ser él esos lentes con los que los demás lo leen por el mero hecho de leerlo. O se los pone poco. Se los ponía de joven. Cuando aún no estaba seguro de lo que hacía. De lo que quería. Ni de que se estaba quedando ciego. Luego, de viejo, ya no. No hay casi fotografías de Borges con lentes. Con su bastón, sí. Con sus lentes, no. Como si estos fueran un estorbo. Como si de lo que se tratara fuera precisamente de ver cada vez peor, no de ver cada vez mejor. De hundirse en el ver cada vez peor del no ver. Que es cada vez mejor. Al revés de Pessoa, que buscaba desesperado sus «óculos» para pasar a mejor vida. En su lecho de muerte. Todos querían ser el lazarillo de Borges y todos le engañaban. A veces sin querer. Otras queriendo. Otras sin saber. Da lo mismo.

Borges tenía ya sus añitos y le costaba cada vez más renovarse. Uno no se renueva así como así. A partir de cierta edad todo es decadencia. En Borges todo fue renacimiento. Gracias a Jagger. Y a los Stones. Y también un poco, todo hay que decirlo, gracias a Bob Dylan. Un día de julio de 1965, en su departamento de Maipú del 994, sexto B, escuchó por la radio que había puesto la mucama en la cocina, la música lejana de *Satisfaction* y reconoció en la letra de aquella canción y en aquellos berridos un poema escrito por él una noche de desvarío y de insomnio que había intentado olvidar para no atormentarse más de lo que ya lo estaba. Y que no había olvidado.

Aún en pleno entusiasmo en el que dicha canción lo había sumido, pasaron por las ondas *Like a Rolling Stone* de Dylan y ahora sí se sintió rejuvenecer de veras, aunque por momentos tuviera la impresión de que envejecía de golpe y que al acabar aquella canción le esperaba la muerte o la mucama con un plumero para sacarle el polvo, de lo anticuado que se había quedado.

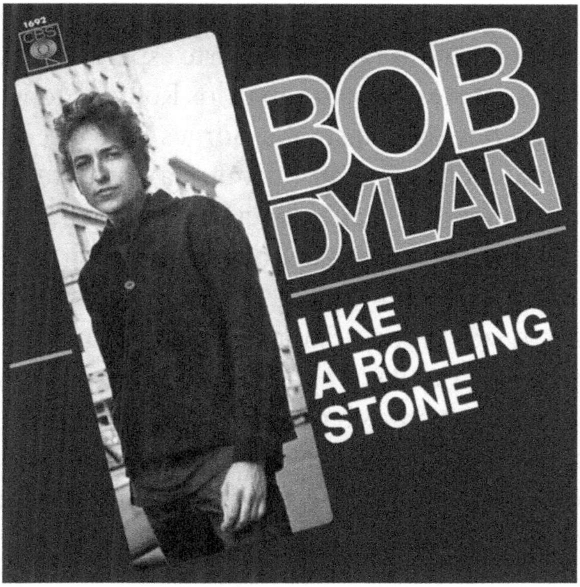

No se asustó. Borges era un hombre valiente. Daba la impresión de no serlo, porque un ciego parece un ser frágil y temeroso y da la impresión de no saber ni adónde mira ni adónde va ni lo que quiere, pero él era todo lo contrario: era un ser fuerte al que nada ni nadie arredraba. ¡Qué digo fuerte… fuertísimo… un coloso… el

Sansón de la ceguera y de la poesía! Y sabía lo que miraba y adónde iba y lo que quería. Antes de que las últimas notas de la canción se apagaran, fue raudo a la cocina y apagó él la radio sin darle explicaciones a la mucama que todos llamaban afectuosamente Fanny, pero que en realidad se llamaba Epifanía Úveda de Robledo. Si la muerte tenía que llegar o la mucama con el plumero para sacarle el polvo o quienquiera que fuera, que llegaran ya, pero únicamente porque él lo había decidido así, y si no que se esperaran un rato. La Muerte esperó, porque a la Muerte no sólo le entusiasmaban los Rolling Stones, sino que también le entusiasmaba Borges y no quería interrumpir una obra que aún prometía bastante. Para la Muerte, Borges era la encarnación misma de esa piedra en el camino que no para de rodar. A veces, la Muerte se daba un respiro con lo de la guadaña y en un alto del camino, quizá rumbo a Samarcanda, o en una carretera en medio de la nada, o en un claro del bosque, se leía alguno de sus cuentos o de sus poemas o alguna de sus frases ingeniosas y cargaba baterías dejándose mecer por aquella voz que le parecía mucho más terrible que la suya:

Yo que soy el que ahora está cantando
Seré mañana el misterioso, el muerto,
El morador de un mágico y desierto
Orbe sin antes ni después ni cuándo.
Así afirma la mística. Me creo
Indigno del Infierno o de la Gloria,
Pero nada predigo. Nuestra historia

Cambia como las formas de Proteo.
¿Qué errante laberinto, qué blancura
Ciega de resplandor será mi suerte,
Cuando me entregue el fin de esta aventura
La curiosa experiencia de la muerte?
Quiero beber su cristalino Olvido,
Ser para siempre; pero no haber sido.

(«Los enigmas»,
La Nación, 6/11/1965, *El Otro, el mismo*)

¡Qué lindo es esto, rediós!, se decía la Muerte. ¡Y qué terrible también! Sí, aunque parezca mentira, la Muerte poseía una gran sensibilidad. No soy tan mala como algunos dicen, pensaba, aunque a veces acabo por creérmelo. Es mucho más malo el círculo y el eterno retorno del que nos habla Borges. Eso sí que es malo. Si todo vuelve, ¿yo, para qué sirvo? se interrogaba compungida. Odiaba a Borges y lo veneraba con idéntico fervor. Ella también era una fanática de Borges. A este hombre le voy a dar la vida eterna, se decía admirada segundos después de haber querido aniquilarlo, para que me acune con sus versos y me haga más llevadera la existencia. Bueno, no, rectificaba de inmediato, le daré más vida que a los demás, pero al final me lo llevaré como a todos, si no quiero que mi empresa se vaya al carajo. Borges se aprovechó de la situación sin saberlo. Un poeta, como cualquier hombre, no sabe si la muerte lo acecha o no lo acecha. Si le espera o no le espera. La parábola de Samarcanda es la parábola de la vida. Lo único que Borges sabía con toda seguridad era que tenía que renovarse y se puso de inmediato a ello. Para muchos, renovarse es hacer otra cosa. O intentarlo. Borges sabía, al contrario, que para renovarse en serio lo mejor es repetirse. O intentar repetirse. Para ser definitivamente uno mismo. O para quedar lo más cerca de uno mismo. Eso hizo. Sin tener aún conciencia de que ya lo había hecho. De que acababa de hacerlo. Borges había empezado a renovarse antes de decidirlo. Antes de tener conciencia de que se renovaba. Releyó su último libro de milongas, *Para las seis cuerdas*, recién salido de la imprenta, y cada una de las once milongas que lo componían, le sonó ahora como una canción de los Stones o de Dylan o de los Who, que también le gustaban mucho.

Aquello fue una revelación. Decidió que todo lo que escribiera de aquel día en adelante sería la repetición voluntaria de lo que ya había escrito hasta entonces desde la involuntariedad. A menudo salen mal estas jugadas a todo o nada. A Borges le salió bien. ¡Qué digo bien: requetebién! La renovación se fue haciendo sola. Tanto para adelante como para atrás. Escribía lo mismo y le salía lo otro. Pedía a su madre que le leyera sus obras anteriores para ver qué tal eran y eran obras que le sonaban a recién nacidas. Como nuevas, che. Aquello era un milagro. Un verdadero milagro. El milagro Jagger. Jamás combatirían en el mismo *ring*, en la misma sala, en la misma velada, el mismo día, a la misma hora, con el mismo calzón, ¡ni falta que hacía! pensó Borges, pero no tenía ya la menor duda de que combatían uno contra el otro o uno con el otro, en algún lugar que quizá ni siquiera fuera un lugar, y eso le bastaba. Le importaba una mierda que los demás no se enteraran de lo que él sí sabía. De que nadie presenciara ese combate, salvo como resultado o como producto. Es decir, como estela. Jagger también sabía todas esas cosas. Sin decírselas. Las supo más o menos por las mismas fechas, día más, día menos. La simbiosis entre ambos era perfecta. Total. Por ineluctable. Eso era lo único que contaba. Cada mañana, Borges, a escondidas de su mami, le pedía a Fanny, la mucama, que sintonizara alguna emisora con las canciones de los Stones. Por su lado, Mick Jagger leía a Borges como un descosido. En cuanto se le iba la jaqueca de la noche anterior, debida al alcohol y al LSD ingeridos. Todos sus allegados pensaban que su *trip* era un *trip* de ácidos y era un *trip* de Borges. Lo había descubierto por casualidad. Un libro publicado en Nueva York en 1962 con un título enigmático por lo sencillo que era: *Labyrinths.*

Como era relativamente corto, apenas tenía 248 páginas, Jagger lo leía una y otra vez, y cada vez leía una cosa distinta, por lo que en vez de pequeño aquel libro le parecía inacabable. Así eran las canciones que él quería cantar, se decía, eternas, como los cuentos de ese tal Borges del que lo ignoraba todo. Sólo sabía que era argentino. Y que en Argentina había muchas vacas y que bailaban el tango. Pero no sabía lo que era el tango. O lo sabía poco. Encontró el libro en una pequeña librería de Portobello que es una calle de Londres donde se encuentran siempre la mar de cosas tanto sólidas como etéreas, tanto moviéndose como detenidas o quietas o semimuertas. Al cabo de unas semanas, volvió a la misma librería en busca de una casualidad similar a la anterior para que lo eterno y lo infinito del primer libro se ampliara un poco. O mucho. Sin haber estudiado nunca matemáticas superiores en serio, estaba convencido de que había infinitos más grandes que otros. Y con las eternidades igual. Tuvo suerte, porque el librero acababa de recibir dos nuevos libros del mismo Borges, dos novedades por lo que le dijo, con títulos, si cabe, aún más enigmáticos que el primero: *Dreamtigers* y *Other Inquisitions*, publicados ambos en Austin, Texas.

El efecto que le produjo leerlos fue idéntico al del libro anterior. Así fue como le vino la inspiración para los textos de sus canciones de su álbum más conocido. No se lo dijo a nadie. Ni siquiera a Keith Richards, a quien le contaba todo. Cuando, en cualquier parte del mundo, los Stones acababan los conciertos, totalmente reventados, los demás componentes del grupo se iban a coger con las minas que se les echaban encima como sanguijuelas, sin parar de susurrarles al oído que ellos eran mejores que los Beatles y que los Who y que los Beach Boys y que los Doors. Jagger no hacía eso. Él no cogía con las minas que se le echaban encima como sanguijuelas y le susurraban al oído que eran mejores que los Beatles y que los demás. Bueno, con algunas sí. Con todas no. Él se encerraba en la habitación del hotel, quizá con una o dos o tres minas, para que Keith Richards no lo tratara de maricón, y en vez de coger con ellas se ponía a leerles a Borges. Al azar. Lo que viniera. Todo era bueno. ¿Cómo puede alguien escribir cosas todas ellas buenas? se preguntaba atónito. No lo sabía. A veces, de tan entusiasmado como estaba, se las cogía leyéndoles a Borges al mismo tiempo. Era bárbaro. Nunca se lo pasó tan bien. Coger leyendo a Borges es lo máximo que te puede pasar. *Too much*. Los orgasmos son mortales de necesidad. Te entran unos espasmos bestiales. O que te la chupen mientras lees «La luna». Te dejas llevar por la luna y de pronto te viene y te corres. Todo esto quedó reflejado de inmediato en las canciones que Jagger compuso en aquella época y que dieron lugar al disco mítico de los Stones, *Out of Our Heads*. *The Last Time* o

Satisfaction son el mejor ejemplo de ese borgesianismo en estado puro o casi puro, porque la pureza pura, como recordó en su momento el finado Gombrowicz hablando de la poesía, empalaga y cansa.

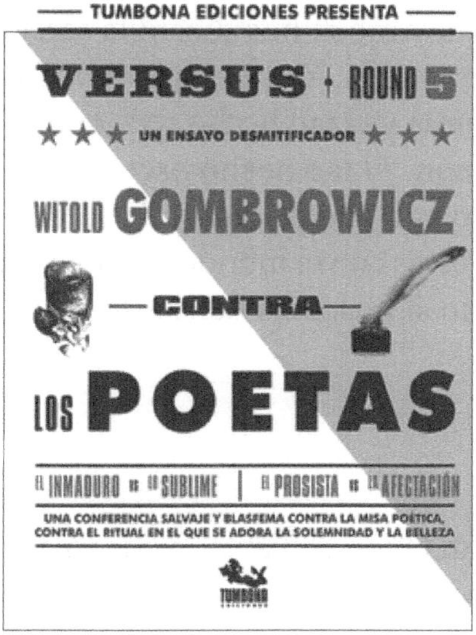

Satisfaction nunca empalaga: «*I can't get no satisfaction, I can't get no satisfaction, 'Cause I try and I try, and I try, and I try, I can't get no, I can't get no...*». Esto es como una milonga, pero en inglés y con guitarra eléctrica y batería y un chute de mezcalina o de peyotl o de LSD. Me recuerda al Borges milonguero que le escribió, allá por el año 1934, a su amiga Beatriz Biblioni Webster de Bullrich algo parecido, también en inglés, pero con el acompañamiento musical de su voz acompasada y con

la oscuridad de su ceguera como alucinógeno muchísimo más radical que el ácido lisérgico: «*I can give you my loneliness, my darkness, the hunger of my heart; I am trying to bribe you with uncertainty, with danger, with defeat*».
Jagger y Borges se instalan en la satisfacción, desde la insatisfacción. Ambos nos dicen: la satisfacción no es algo, sino una senda. Y el tiempo, lo mismo. Esto es el tao hecho poesía y el tao hecho *rock and roll* y el tao hecho alucinación. El tao hecho oscuridad. Sí, comprender el mundo con el *rock and roll* y la poesía en vez de comprender estos con el mundo. Como si el mundo fuera algo. Como si nosotros fuéramos algo y no nada. O tan poco…

***

Aquello era un tango endiablado por partida doble: Borges bailaba con Jagger y Jagger bailaba con Borges. Así, cada uno era hombre y mujer en función de las circunstancias, sin que nadie se ofuscara: el lado andrógino de Jagger era el lado andrógino de Borges y viceversa, y el lado compadrito de uno el lado compadrito del otro. Para dejar constancia de ello, cada cual por su lado y sin concertarse lo más mínimo, al menos no consta en los archivos, decidieron hacer una película. Ambos eran muy aficionados al séptimo arte. Uno porque veía; el otro porque no veía. Ver una película sin verla es el *summum*. No verla viéndola, igual. En 1968, casi simultáneamente, se comenzaron a rodar dos films sobre el mismo tema, aunque con argumentos distintos. Uno, *Invasión*, del argentino Hugo Santiago y guionado por Borges y Bioy Casares, que se habían acostumbrado a hacerlo todo juntos salvo ir al baño o ir de putas —Borges no iba de putas y Bioy tampoco al tenerlas a mano revoloteando a su alrededor camufladas de señoras conchetas—, se rodó en el sur de Buenos Aires, con un trasunto porteño de Jagger, envejecido, bigotudo y disfrazado, por necesidad del guion, de Macedonio Fernández, como protagonista. El film se puede resumir como sigue: una pandilla de rockeros intenta entrar como si fuera Troya en una ciudad que ni es Troya ni es Buenos Aires al ser ambas a la vez para que los habitantes de dicha ciudad dejen el tango y la milonga por el *rock*.

El otro film, *Performance*, del británico Donald Cammell, se rodó en el sur de Londres, y es una historia de compadritos que en vez de ser porteños son ingleses o algo así. En él, un Jagger jovencísimo que se parece como una gota de agua al Borges jovencísimo que recorría Europa con sus papis, rinde homenaje al autor de *Ficciones*, evocando de paso, como quien no quiere la cosa, el mundo irreal de «Orbis Tertius», que es más o menos el mundo que él mismo está viviendo y leyendo en inglés a dos mozas de muy buen ver y que van siempre en bolas y se acarician y se bañan en una bañera que parece un tablero de ajedrez, un extracto de «El Sur» que suena muchísimo mejor en inglés que en castellano, porque Jagger le da un toque *rock* que oculta el tono algo plañidero de la milonga y del tango que dicho cuento por momentos tiene :

> *At that point something unforeseeable happened. From a corner of the room the old ecstatic gaucho threw him a naked dagger, which landed at his feet. Dahlmann bent over to pick it up.*
>
> (En ese punto, algo imprevisible ocurrió. Desde un rincón, el viejo gaucho extático le tiró una daga desnuda que vino a caer a sus pies. Dahlmann se inclinó a recogerla.)

La historia acaba mal. O bastante mal. En el momento del desenlace, la misma bala que mata al protagonista y a su doble y al doble del doble, y así hasta el infinito, hace añicos un retrato de Borges que surge de la nada sin que se sepa muy bien por qué razón, ni tampoco importa, porque un director hace lo que se le canta sin tener que dar explicaciones. Pues resulta que en esa primavera de 1972 de la que estoy hablando, *Invasión* lo echaban en el cine Champolion y fui a verlo un martes por la tarde en que no tenía nada mejor que hacer. Y *Performance* lo echaban en el cine Gît-le-Cœur y también fui a verlo, pero no recuerdo ni el día ni la hora ni casi el mes. Ni si lo vi antes o después. Creo que fue después.

5

A falta de Mick Jagger, aceptamos a Palacios en nuestro club. Por varias razones. Porque éramos pocos y con él íbamos a ser más. Porque así consolidábamos el club con un recluta de calidad. Porque era argentino como Borges. Porque había comido pollo infamia y pollo laberinto y pollo biblioteca y nosotros no. Porque su tesis sobre las carnicerías argentinas era la mar de interesante y abría un universo insospechado que era como el big bang y como el big crunch unificados en un big pim pam pum inconmensurable. Palacios no era Jagger, es cierto, pero se le parecía. Y encima, con él, íbamos a tener a mano a un especialista aborigen para explicarnos lo del peronismo que nadie comprendía ni comprenderá jamás.

Me costó lo suyo vencer las reticencias de mi amigo Arturo. Cuando se lo propuse, nada más volver de l'École Pratique tras aquella larga caminata con Palacios por las calles de París, Arturo puso mala cara. Estaba celoso, lo vi. Se sentía traicionado y me lo hizo saber. Mira Jorge, me dijo muy serio y muy sabiondo, hay que ir con cuidado con la cifra tres… y no soy yo quien lo dice, lo dice el mismísimo Borges… Te lo cito de memoria, a ver si me acuerdo bien: «El número tres cierra las cosas… dos es una mera coincidencia… tres una confirmación, una confirmación de orden ternario… una confirmación divina o teológica…». Mejor dejar el club en coincidencia y no convertirlo en iglesia o en secta, ¿no te parece? Y acto seguido me dio a entender que la historia del pollo Borges no le cuadraba. Para mí era la hostia. Me parecía extraordinaria. A él no. Hay que ir con cuidado con las historias extraordinarias, añadió perentorio. Sobre todo con las de los porteños. Son todos unos chantas. Para cagarme, sacó un argentinismo que para mí era una novedad. ¿Chanta qué? le pregunté asombrado. Cantamañanas, especificó. Quiero decir, insistió enigmático, que a menudo no son tan extraordinarias como parecen. Arturo tenía carretera. Tenía menos carretera que Palacios, pero mucha más que yo. Él se creía las cosas sin creérselas, que es como hay que creérselas para no tener sustos si alguna de esas cosas en las que uno ha creído sale rana. Y encima sabía lo que era una alegoría. Y una mitología. Había leído a Lévi-Strauss. O un resumen de los libros de Lévi-Strauss, lo que viene a ser lo mismo. Aplicaba con provecho y por anticipado el método Borges-Bayard antes de que fuera formulado teóricamente por el segundo, después de haberlo visto practicado maravillosamente por el primero: si no puedes leerte a un autor, entre otras cosas porque no tienes tiempo o no tienes ganas o tienes cosas mejores que hacer, te lees un pequeño resumen de sus teorías en algún manual o en algún diccionario y, con un poco de suerte, cuela. ¿Quién se va a avivar? A menos de tenértelas que ver con un especialista del susodicho, nadie se entera. Yo no me atrevía a hacer esas cosas. Yo todavía creía que un libro leído es un libro leído y que un libro no leído es un libro por leer. Borges se encargó de mi iniciación. Bastaba con tener buena memoria. Como él. Inmensa. Infinita. Borges se acordaba de todo lo que había que acordarse. Incluso de lo que no había que acordarse. No por nada le gustaban tanto las enciclopedias: en ellas leía libros y autores que nunca leería. ¡No hacía falta! Y por si fuera poco, se inventaba enciclopedias. Era su especialidad: inventor de enciclopedias. Con libros reseñados que sólo él conocía y de los que ni siquiera era necesario saber de qué iban. Iban de lo que él decía que iban y sanseacabó. Y los autores lo mismo. Inventar autores o citas de autores que uno necesita para ilustrar o justificar lo que uno dice o piensa es el no va más de la sabiduría. Borges jugaba a dos bandas: se inventaba autores que él mismo reconocía haber inventado, y a lo que le salía con dicha invención lo llamaba cuentos; y se inventaba autores que no reconoció nunca haber inventado, y entonces, a aquello, lo llamaba prólogos. A lo sumo ensayos. El caso más llamativo es el del matemático y escritor americano Charles Howard Hinton (1853-1907), autor supuesto de un no menos supuesto libro de ciencia ficción, *The Fourth Dimension* (1904), del que no existe en ningún lado ejemplar alguno de la primera edición —sólo existen de él copias de copias de otras copias— ni en ninguna librería o biblioteca, pero que ha acabado teniendo incluso una entrada en Wikipedia. Franco Maria Ricci se propuso publicarlo en su colección «La Biblioteca de Babel» (1977-1986), dirigida precisamente por Borges, y este le dijo que no tenía ningún ejemplar a mano, pero que no se preocupara, que tenía otros escritos del tal Hinton que se encargó él mismo de escribir rápidamente para no quedar mal con su editor. O al contrario, para quedar bien. ¡Hay que tener cara dura! ¡O ser un genio de la literatura! ¡Y de la filosofía! ¡Y de las matemáticas! ¡Y de lo que fuera!

Yo no era como Arturo. Ni como Palacios. Ni como Hinton, ni como Borges. Bueno, un poco como Borges sí. Lo que para muchos era a todas luces una alegoría, para mí era la realidad. Todo lo que parecía digno de ser creído, yo me lo creía. Y si estaba escrito en algún lado, todavía más. A Borges le pasaba algo parecido. Eso me consuela. Parecerme a Borges en una nimiedad. Los hay que ni eso. A veces, me pasaba de rosca. Me parecía imposible que algo que se podía decir o escribir no fuera real. Continúa pareciéndomelo, salvo que ahora me lo callo. Hoy, al pensar en ello, tengo vergüenza de mí mismo. Sí, me avergüenzo de haber creído tanto. Y tan mal. O tan bien, uno nunca sabe. La vida depara sorpresas. La mística de la creencia provoca horrores. La de la no creencia, todavía más. Al final, uno se hace un lío y no sabe si creer mucho o no creer nada. Puede que una y otra cosa sean lo mismo. La misma patraña. Creer en algo muy pequeñito muy pequeñito sería lo acertado, aunque no se sepa qué podría ser ese algo tan pequeñito pequeñito en lo que uno creería. La física de las partículas elementales quizá pueda echarnos una mano. O un pie. Un acelerador de partículas que diera con la de la creencia mínima. Con ese aleph. Con ese neutrino. Con ese quark.

JORGE LUIS BORGES
EL ALEPH
EDITORIAL LOSADA, S. A.
BUENOS AIRES

Por poner un ejemplo lejano de mi credulidad cuasiabsoluta, yo creí en los Reyes Magos hasta los doce años. ¡Hay que ver! Todos los chicos sabían a los siete, a los ocho, los más tarados a los nueve, que los Reyes Magos eran los padres, y yo dale que te dale, lo alargué hasta los doce. Les dejaba pan y agua en la mesa del comedor para que los camellos comieran y bebieran y se fueran contentos y con el estómago lleno. Y a los pajes lo mismo. De no ser por mi padre, que me descubrió el pastel un día, continuaría creyendo en ellos. Ahora lamento haberme enterado. Pasar toda una vida creyendo en los Reyes Magos sería la mar de confortable. Originalísimo. Lo nunca visto. Una candidez a prueba de bombas. Mi padre me sacó del error. De la mentira en la que él mismo me había sumido habiéndome hecho creer que sí existían y que venían de Oriente. Me dio la noticia medio avergonzado, no sé si por él, por haberme engañado de esa manera alevosa durante tantos años, o por mí. Se avergonzaba de tener un hijo tan burro. Se sentía culpable de ello. No sabía nada de genética, pero sospechaba que allí pasaba algo que lo concernía en lo más profundo de su ser. Tener un hijo tan burro supone ser uno tan burro como él. Los genes del burrismo se transmiten. Los de la hijoputez también. Los de cualquier cosa. En mayor o menor grado. Lo comprendo a mi padre. Porque yo también he acabado siendo padre. ¡Pobres, mis hijos! Seguro que, por desgracia, les ha tocado en suerte alguno de mis genes. Lo lamento, chicos. Perdonadme. Os hubiera podido ir peor. Alguna vez hay que decirles la verdad a los hijos. Los Reyes Magos no existen, me confesó mi papá, casi con lágrimas en los ojos. Cómo que no existen, le contesté, si se comen el pan y se beben el agua y dejan algún que otro regalo, aunque nunca sea lo que yo les pido. Por poco, sin tener problemas cardíacos, le da un patatús. Mi hijo es todavía más zopenco de lo que me pensaba, debió de pensar. No me lo dijo en la cara, pero lo pensó. A mí me resultaba inimaginable que mi propio padre me hubiera mentido durante todos esos años, diciéndome que los Reyes Magos existían… para decirme ahora de sopetón que no. Un padre no miente a su hijo de esa manera tan alevosa. Yo ya había oído rumores, la verdad, pero para mí la palabra de un padre era sagrada. Para Borges también. Pero el papá de Borges era mucho más ilustrado que el mío. En vez de contarle a su hijo lo de los Reyes Magos, le contó lo de Aquiles y la tortuga. Hizo filosofía. Me hubiera gustado que el mío me contara algún cuento filosófico. El de Zaratustra, por ejemplo, subiendo y bajando montañas como un quebrantahuesos alpino. No. Me contó aquel cuento chino. Oriental en todo caso. Me costó aceptarlo. Estuve días sopesando los pros y los contras. Para asegurarme de la cosa, le pregunté a mi hermana, dos años mayor que yo, y se rio. No mucho. Lo justo. Lo justo para cagarme. Su risa fue peor que una confirmación. Fue una sentencia. Ella lo sabía y nunca me dijo nada. ¡Cabrona! Estaba rodeado de traidores por todos lados. En mi propia familia. No me quedó otra que aceptarlo y lo acepté. A regañadientes. A regañadientes conmigo mismo. Y con la vida. Y con el mundo. Y con Melchor, Gaspar y Baltasar. Con Borges a mano, hubiera superado mejor aquel trance. Desde que lo tengo, Borges es mi tisana. Mi purga Benito. Mi aspirina. Mi ying y mi yang. Mi Wikipedia. Tengo un problema... Acudo a Él, a ver qué dice. Me duele algo, sufro... Borges. Una novia me deja, o me engaña, o me quiere... Georgie. No sé qué decisión tomar... Jorge Luis. Tengo algún mal rollo con alguien... Él. Sí, ahora que caigo, quizá el problema sea Él. Me asusta pensar que el problema es Él.

***

En resumidas cuentas, por más que mi amigo Arturo me hiciera partícipe de sus reticencias al respecto, la idea de que es mucho más saludable literariamente comerse a un autor que leerlo, me fascinaba. Ese canibalismo literario era el no va más. No había lugar en mí para la desconfianza. El argentino Palacios era un señor serio. Alguien que prepara una tesis con Pierre Vilar no puede ser un chanta. Arturo acabó ablandándose. Me vio desamparado y se ablandó. Ahí se ven los amigos de verdad. En que se dan cuenta de todo y hacen como que no se dan cuenta de nada. Ya se le pasará, debió de pensar. Es joven. Y me siguió la corriente. Cuando se conocieron con Palacios, se cayeron bárbaro. Ambos sabían que lo que uno dice no es lo que uno dice. Que hablar es jugar a algo que nunca se sabe qué es. Es dar algo que uno no tiene a alguien que ni siquiera lo quiere. Que nada pide. Como con el amor. Por lo que dice Lacan. Por eso el amor es palabra. Sólo palabra. Te quiero... me quieres... nos queremos... pues muy bien. Que no, pues muy mal. Hice las presentaciones una tarde a eso de las siete en el bar de la Boule d'Or, en Saint-Michel, donde Agustín García Calvo animaba desde hacía algún tiempo la tertulia de la Comuna Antinacionalista de Zamora. A los tres nos pareció lo más adecuado que especialistas de la cuestión nacional se reuniesen en un bar antinacionalista. Y si era prozamorano, mejor que mejor.

A partir de aquel día fundador de algo, nos juntábamos una vez por semana, en general los viernes a eso de las ocho de la tarde, en La Boule d'Or para discutir de Borges o de lo que fuera. En una de esas, García Calvo, que andaba por ahí, al ver que nosotros parecíamos pasarlo mucho mejor que él rodeado por una manga de farsantes con camisas de flores, barbas a la Engels y olor a pachuli que no paraban de lamerle el ojete y de reírle las gracias, se acercó a nuestra mesa para saludarnos y preguntarnos de qué iba exactamente la cosa entre nosotros, porque nos había estado observando de reojo y quizá fuera interesante intercambiar experiencias. Trabar alianzas. Va de Borges, le contestó Arturo. ¿El poeta? preguntó algo redundante García Calvo. El mismo, le confirmó mi amigo Arturo. ¿Y qué pensáis hacer con él? No es tanto lo que nosotros vamos a hacer con él como lo que él hace con nosotros, lo cortó el argentino Palacios con una sonrisa en los labios que parecía la mueca dolorosa de una máscara del teatro Noh o de la María Magdalena de Caravaggio en el Doria Pamphilj de Roma. Dejó pasar unos segundos y muy seguro de sí mismo, sin consultarnos siquiera, como si él fuera el jefe, añadió: «Unite a nosotros, y dejá esa pandilla de ceporros». A Agustín García Calvo, la proposición lo pilló por sorpresa. Se le veía dubitativo. Dependen de mí, pobrecillos... murmuró al final algo apesadumbrado... abandonarlos así, de la noche a la mañana, sería como condenarlos al suicidio, pobres chicos, por más que haya algún Judas entre ellos que algún día no dudará en traicionarme y en renegar de mi nombre y puede incluso que, con el tiempo, acabe entrando en la Real Academia de la Lengua y se vuelva más tonto de lo que ya es, o de consejero en algún ministerio…

6

Los clubs de cualquier cosa, llámense estos partidos, Estados, asociaciones, células, cofradías, matrimonios, logias, sectas, círculos, imperios, confederación o de otro modo, se hacen y se deshacen con pasmosa facilidad. Aguantan un tiempo, el que sea, a veces largo, a veces corto, y en el momento más inesperado, por causas extrañas que no siempre es fácil elucidar, se hunden en el desorden de la nada y de la descomposición. Eso le pasó a nuestro club: tan pronto como apareció, desapareció. Quedó la esencia: quedó Borges… y quedé yo. Para dejar este frágil testimonio de su existencia y de su ser.

El primero en desaparecer fue el argentino Palacios. No nos avisó de sus intenciones. Ni avisó a Pierre Vilar. Ni a García Calvo. Ni a nadie. A nadie que alguno de nosotros conociera. Y si le avisó, este se lo calló. Desapareció de la noche a la mañana y nunca más le vimos el pelo. ¿Qué fue de su tesis? ¿Qué fue de él? ¿Qué fue de su vida, de sus esperanzas, de sus amores? No lo sé. Aun cuando al cabo de unos meses nos mandara una postal desde algún lugar perdido del Mato Grosso en la que preguntaba por nosotros y por el club del que aún, escribió, se sentía miembro, por más que la lejanía desmiembre a cualquiera de cualquier cosa, pero el fanatismo no se desmiembra así como así, al contrario, se «remiembra» y acrecienta con los años. En la postal, con la foto de un río y de un puerto y de unos barcos y barcazas con hombres y mujeres que iban y venían por unos pontones de madera que parecían en mal estado, anunciaba el próximo envío de una extensa carta en la que lo explicaría *todo* con pelos y señales. Escribió *todo*, sin especificar lo que entraba en ese *todo* y yo supuse que se trataba de los motivos por los cuales se eclipsó de París y del club sin avisar. Nunca llegó, la carta. Quizá olvidara su promesa o no supiera qué decir o sí supiera y le pareciera de pronto inútil hurgar en el pasado. Quizá la carta se extraviase.

Eran tiempos aquellos en los que la gente, en París, aparecía y desaparecía sin dar la menor explicación. Y los latinoamericanos todavía más. Los latinoamericanos eran los amos del eclipse. Del eclipse total. Con Palacios fue así. O casi así. Nos juntamos tan felices una tarde de finales de octubre en La Boule d'Or para comentar alborozados la que, pocos días antes, fue nuestra primera y única acción como grupo de intervención borgesiana, hoy se hubiera llamado a aquello una instalación, entonces se le llamaba una pequeña gamberrada, a saber, la largada de cientos de barquitos de papel en el estanque rectangular de la fuente de Médicis en el jardín de Luxemburgo, cada uno de ellos con un poema de Borges entre sus pliegues, que se pusieron a flotar cual una armada invencible sobre la superficie del agua a la espera de hundirse inexorablemente en aquel Leteo improvisado, y después de despedirnos frente a la fuente de Saint-Michel —cada mochuelo a su olivo— no volvimos a verlo. Quizá sea injusto con Palacios. Quizá sí nos advirtiera aquella tarde, y tanto Arturo como yo nos hicimos el longuis y le dejamos desaparecer. Si quiere desaparecer que desaparezca, debimos de pensar.

***

1972 fue en Francia un año eminentemente borgesiano, no sólo porque fue el año de la fundación del club, sino por otros acontecimientos de mayor empaque y calado para el mundo de la cultura. Enumero los principales, sin pretender ser exhaustivo. En enero, Jean-José

Marchand entrevista en Buenos Aires a Borges para el programa *Archives du XXe siècle* de la ORTF, la televisión francesa. Cerca de siete horas de filmación disponibles en DVD.

Por aquel entonces, Bioy y Borges ultiman el guion de *Les autres*, film para el cual Hugo Santiago se irá de inmediato a París en busca de financiación, ciudad donde comenzará a rodarlo un año después con, entre otros, el dramaturgo Roger Planchon, la escritora Noëlle Châtelet, hermana del futuro primer ministro socialista francés Lionel Jospin, y el mismísimo Jorge Luis Borges haciendo un pequeño papel que con el paso de los años se convertirá, como era de esperar, en lo único interesante, a decir verdad, del film.

LES AUTRES

No se acaba aquí la cosa, ni mucho menos. En marzo, Gallimard publica *El informe de Brodie* (1970) traducido al francés por Françoise Rosset. En el prólogo, Borges expresa un mero anhelo metafísico, que algunos tomaron erróneamente por una profecía, otros por una predicción política, otros por una fantasía y nosotros por un desafío y una confirmación: «Creo que con el tiempo mereceremos que no haya gobiernos», se puede leer a las primeras de cambio. Esta simple frase nos perturbó y alimentó el debate entre nosotros. En ella se anunciaba, de forma apenas solapada, ese momento delicioso, al que todos los revolucionarios aspirábamos, de un orden social venidero sin clases y por lo tanto sin poder de ningún tipo, ni necesidades desmesuradas, ni violencias inútiles hacia el que apuntaba la deseada, necesaria, y puede que dolorosa —pero qué se le va a hacer, los cambios históricos son siempre crueles—, dictadura del proletariado. Hoy hay el trans o el posthumanismo. Hasta hace poco teníamos el postmodernismo, el postdeconstructivismo y el postestructuralismo. Pues bien, en aquella época, la de los años 1970, bailábamos al son de la postdictadura del proletariado como horizonte sublime de la humanidad, una suerte de postpanfilismo al que muchos estábamos desesperadamente aferrados. Y por si fuera poco, *El informe de Brodie* se cierra con un cuento homónimo que da título al volumen y proporciona la clave de todo el asunto gracias a un enfoque de tipo antropológico. En él, Borges se las da de Lévi-Strauss y trenza una historia en torno a un cura antropólogo del siglo XIX. Un Lévi-Strauss, eso sí, que se las diera a su vez de Borges.

Los antropólogos son unos personajes de ficción maravillosos que, por lo que yo sé, aunque puede que me equivoque, no han sido suficientemente explorados literariamente hablando. Borges lo sabía y se aprovechó de ello. En el ámbito de la literatura en castellano, yo sólo conozco otros dos casos, que ni siquiera lo son totalmente. Uno, el de Alejo Carpentier, que se las sabía todas y le salió un libro precioso, *Los pasos perdidos* (1953), o eso me pareció cuando lo leí, que era precioso, en el que el antropólogo es un musicólogo. Años más tarde, Mario Vargas Llosa volvió a tratar el tema por la banda con *El hablador* (1987). Otro libro muy lindo. No comprendo por qué no lo ha incluido en la edición de sus obras de la Bibliothèque de la Pléiade. Ese hombre será siempre para mí un misterio, la verdad. Ya entrado el tercer milenio, el brasileño Bernardo Carvalho, con *Nove noites* (2002), escribió la mejor novela que he leído sobre el tema, en torno al antropólogo norteamericano Buell Quain, que se suicidó en la selva amazónica en agosto de 1939. Aunque escrito en brasileño, lo añado a los dos precedentes. Para hacer bulto. Y porque es buenísimo. Debe de haber más ejemplos. Seguro. Y en otras lenguas. En inglés. En italiano. En francés. No los conozco. En alemán, sí. En 1994, Michael Krüger escribió *Himmelfarb* (Color de cielo), con un antropólogo de protagonista. Que se las ve con el nazismo. Normal. A medida que los alemanes se alejan del nazismo se acercan cada vez más a él. Y nosotros con ellos. Es algo que ya dijo en su momento Goethe, aunque al revés, para hacer romántico: «Todo lo cercano se aleja». Cuando a lo romántico le das la vuelta, se vuelve horror y amenaza: «Todo lo lejano se acerca». Comoquiera que sea, los antropólogos poseen un misterio que se nutre del misterio de los pueblos y tribus con los que conviven cierto tiempo. Ya sean estos puros arios o puros «salvajes». O con los que dicen haber convivido. Evans-Pritchard, por ejemplo, estudió a los nuer, un pueblo del sur de Sudán, sin compartir nunca con ellos la noche —y por ende los sueños—, ese momento privilegiado de la jornada en que uno se entera de las cosas, no sólo de las secretas, sino sobre todo de las archiconocidas por evidentes. Instalado en su campamento con todas las comodidades de un lord, se trasladaba siempre de un lugar a otro en silla de manos cargada por unos boys nuer que venían a buscarlo a su confortable residencia y en el camino le informaban de las cosas ocultándole lo esencial.

El boy de Borges a veces era Bioy. Otras, su mamá. Otras, Roger Caillois. Otras, Esther Vázquez. Otras, Alberto Manguel. No era la primera vez que Borges trataba el tema de la antropología. En *Elogio de la sombra* (1969) hay un cuentito que se llama precisamente «El etnógrafo» en el que resume perfectamente toda la antropología habida y por haber. Tendrían que ponerlo de libro de cabecera en todas las facultades de antropología. Prepara el terreno para «El informe de Brodie». Es como un anticipo de este. Un ejercicio preparatorio.

El antropólogo de dicho cuentito se llama Fred Murdock, pero hubiera podido llamarse de otro modo sin que nada cambiara. Va de un secreto. El secreto de los indios que, por lo que parece, tienen muchos. Hay secretos que se conservan en un tipi o en un sendero o en una biblioteca. Otros, en el olvido. Borges decide no elegir el lugar porque todos esos lugares le parecen adecuados y deja al lector dueño de sus preferencias. Según el momento de la lectura y de su estado de ánimo. ¡Que se jorobe! Parece estar diciendo. Esta actitud desenfadada es en realidad un acierto. Cuando Borges publicó los dos cuentos, con pocos meses de intervalo, Lévi-Strauss ya había publicado los tres primeros volúmenes de sus *Mythologiques*. Y estaba escribiendo el cuarto volumen de la serie, *L'homme nu*, publicado en 1971. En él no cita a Borges, pero Borges está muy presente. Un espíritu tutelar. Es el chamán de Lévi-Strauss. Como es el último libro de una serie que le ha llevado años escribir y corona su trayectoria, a Lévi-Strauss le da por revelar el secreto de los mitos que tanto había estudiado y amado y desenmarañado, y resulta que dicho secreto no difiere en nada del revelado por el denominado Fred Murdock en el cuento de Borges dos años antes. ¿Cuál? Pues muy sencillo: ninguno. ¡No hay secreto! ¡Tanto libro y tantos ejemplos y tantos mitos analizados, para que no haya secreto! Al cerrar *L'homme nu*, el lector piensa que el tal Lévi-Strauss le ha estado tomando el pelo. Se equivoca. Le ha dado el mejor crecepelo que se pueda imaginar. Los mitos no encierran ningún secreto porque el hombre tampoco encierra ninguno, pero todo mito, o toda literatura, se construye sobre un secreto por revelar y por desenmarañar, por más que nada esconda, que nada oculte, al no haber nada que esconder ni ocultar. Al fin y al cabo, concluye Lévi-Strauss, si el hombre no existiera, el universo no perdería mucho o no más que si se extinguieran las ballenas o los loros tucanes o las arañas peludas:

> *... il (l'homme) n'était pas présent autrefois sur la terre et il ne le sera pas toujours, et avec sa disparition inéluctable de la surface d'une planète elle aussi vouée à la mort, ses labeurs, ses peines, ses joies, ses espoirs et ses œuvres deviendront comme s'ils n'avaient pas existé, nulle conscience n'étant plus là pour préserver fût-ce le souvenir de ces mouvements éphémères sauf, par quelques traits vite effacés d'un monde au visage désormais impassible, le constat abrogé qu'ils eurent lieu c'est-à-dire rien. (L'homme nu, 1971)*

> ... antaño [el hombre] no estaba presente en la tierra y no lo estará siempre, y con su ineluctable desaparición de la superficie de un planeta, destinado él también a la muerte, sus esfuerzos, sus penas, sus alegrías, sus esperanzas y sus obras serán como si no hubieran existido, no habiendo ya ninguna conciencia para preservar aunque sólo fuera el recuerdo de esos movimientos efímeros salvo, por algunos rasgos pronto borrados de un mundo en adelante impasible, la constatación invalidada de que tuvieron lugar, es decir, nada.

En «El informe de Brodie», Borges no dice otra cosa. Él también sabe de crecepelos.

El antropólogo de dicho cuento no es exactamente un antropólogo, sino un misionero, y se llama Brodie. Los misioneros de mediados del siglo XIX eran gente seria que no incurría todavía en las supercherías metodológicas de sus herederos. Incurrían en otras, pero eso no viene a cuento. Él sí convivió de verdad con los salvajes que pretendía «revelar». Su informe, que el narrador rescata para el lector después de haberlo descubierto por casualidad, como ocurre a menudo en los cuentos de Borges, extraviado entre las páginas de una enciclopedia o de las *Mil y una noches*, trata de un pueblo de hombres-mono, los Yahoos, que quizá hayan vivido en África central, quizá en una de las muchas selvas brasileñas, quizá sólo en los *Viajes de Gulliver* de Swift a quien Borges le pide prestado el nombre, quizá en cualquier otra parte del mundo, aunque poco importe saberlo a ciencia cierta.

Entre otras muchas peculiaridades, los Yahoos se caracterizan por su capacidad de anticipar el porvenir a costa de su incapacidad de contemplar el pasado, que para ellos es aún más enigmático y oscuro que para nosotros el futuro: «Filosóficamente, escribe Borges, la memoria no es menos prodigiosa que la adivinación del futuro». Cuando leímos dicha frase, de sencilla estructura sintáctica, pero de complejísimo alcance epistemológico, nos pareció, de pronto, que contenía toda la sabiduría borgesiana en coincidencia con toda la sabiduría de Marx y un poco también la de Engels: ¿No es precisamente ese el fundamento mismo del materialismo histórico y del marxismo-leninismo? ¿No es acaso el propósito marxista de cambiar el mundo en lugar de solamente interpretarlo una de las pocas formas que el hombre tiene, quizá la única, de adivinar el futuro? Nuestro descubrimiento nos dejó turulatos. Aquello era para nosotros idéntico al E = MC2 de Einstein. O sea, B(orges) = M(arx) C (velocidad de la historia) 2, una fórmula en la que el 2 significaba la aceleración al cuadrado provocada por la revolución / M(arx) = B(orges) C (velocidad del tiempo) 2, en que 2 significa la aceleración al cuadrado provocada por la poesía y por la ficción:

B = MC2 / M = BC2

***

Para culminar por todo lo grande el año 1972, en octubre se publicó también en Gallimard, traducido del inglés y coincidiendo más o menos con nuestra largada de barquitos en la fuente de Médicis, el libro de conversaciones de un jovencísimo universitario norteamericano, Richard Burgin, con Borges durante la estancia de este en Harvard, en 1967-1968, para ocupar durante un semestre la cátedra Charles E. Norton.

Conversations With
Jorge Luis Borges
Richard Burgin
Conversations With Jorge Luis Borges
Burgin
Holt Rinehart Winston

El libro es encantador porque entre ambos interlocutores hay no sólo cincuenta años de diferencia, sino cincuenta enciclopedias de diferencia, cincuenta olvidos de diferencia, cincuenta muchas más cosas de diferencia, y Borges se deja llevar por la candidez enternecedora de las preguntas de su jovencísimo interlocutor en la que vislumbra por momentos su propia juventud o lo que queda de ella. Es el triunfo de la inmadurez sobre la madurez, del desorden sobre la forma, ilustrando el punto de vista o la teoría o lo que sea del polaco Gombrowicz. Arturo lo leyó y dijo que para Borges la política es la metafísica del pobre. Palacios lo leyó y dijo que para Borges la guerra es un espejo porque multiplica la muerte, siempre igual y siempre distinta. Yo lo leí y dije que me había enamorado de la joven brasileña Mosca Flo Bildner, a la que el joven Richard Burgin evoca en la presentación del libro y que lo acompañó durante las entrevistas a Borges y le ayudó a prepararlas:

> Una arrebatadora brasileña, aún más ardiente admiradora de Borges que yo, con unos ojos inmensos de un verde tropical…

El argentino Palacios me miró con cara de sorpresa y de admiración y puede que de celos. Cómo no enamorarse de ella, dijo melancólico. Si la tal Mosca existe, prosiguió muy quedo, entonces habría que encontrarla. Para qué, preguntó Arturo, aún más quedo. Para que forme parte de nuestro club, supusimos que respondió Palacios ya casi de forma inaudible extraviado en sus pensamientos, antes de añadir: hay mujeres de las que todos nos enamoramos, porque nos enamora su indiferencia. Los tres permanecimos en silencio un buen rato, Arturo y yo porque no sabíamos qué retrucarle, Palacios porque ya lo había dicho todo y no cabía en su ánimo decir mucho más. Cuando el silencio se volvió más insoportable que las palabras, Palacios dijo que yo tenía razón, que en el libro de Burgin se adivinaba la presencia insistente de un peligro y que ese peligro se llamaba Mosca Flo Bildner: ahora ese peligro está aquí con nosotros y sólo se alejará si vamos a su encuentro.

En dichas conversaciones, con la señorita Mosca Flo Bildner revoloteando alrededor de ambos armada con una cámara fotográfica de la que se desconoce la marca, pero se supone que era una Leica que bien pudiera ser una pistola o una bomba o un espejo o todas esas cosas a la vez, Borges repite incansable, no sólo lo que ya ha dicho anteriormente, sino sobre todo lo que va a decir, anticipando repeticiones futuras. Esta suerte de causalidad invertida, por llamarlo de algún modo, es una inmensa y terrible novedad. Nos cambia las normas de lo visto y de lo por ver. De la historia... de nuestra vida... de la vida de los demás. Repetir una repetición, vaya y pase. Pero anticipar una repetición que aún no se ha dado, pero se dará, es lo nunca visto. Me viene en mente a este respecto lo que escribió en su día el gran dramaturgo polaco Tadeusz Kantor:

La repetición nos sugiere el pensamiento de lo infinito, el pensamiento de nuestra vida en relación con lo infinito, de la inminencia de ALGO, del paso y de la desaparición.

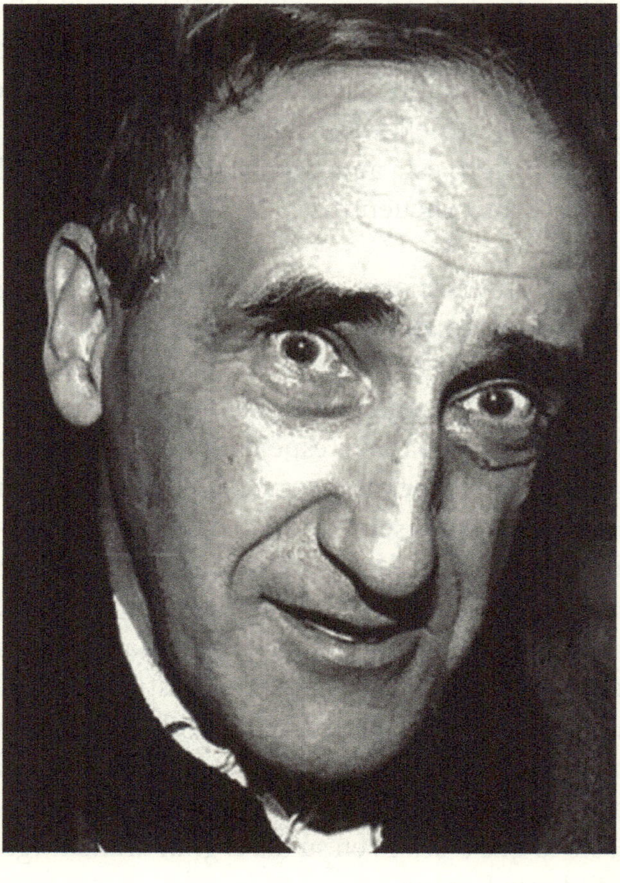

Una de las cosas que Borges repite hacia atrás en dirección del inicio es su concepto de la historia, y su concepto de la ficción, y su concepto del concepto de esto y de aquello y de lo de más allá. La mayoría de sus colegas escritores, por no decir todos, vivían la mar de satisfechos, hasta su llegada al mundo de las letras, contando cuentos que, por más peregrinos que fueran, remitían de un modo u otro a la realidad, pero sin ser la realidad ni pretenderlo. Borges no. Con él, todo esto se acabó. Él le da la vuelta a la tortilla de la realidad. Y a la tortilla de la ficción. Y a la tortilla de la tortilla. Para él sólo lo contado es real. Lo otro, lo material, lo físico, lo palpable es pura ficción, puro cuento, pura nada. En eso se ve que es un idealista de los de verdad. Como ya no quedan. Un platónico de pura cepa. Hasta las últimas consecuencias. Sin ningún atisbo de aristotelismo. Un platónico radical, absoluto, total. Un Georges Berkeley, obispo de Cloyne, en plan brutote.

A
TREATISE
Concerning the
PRINCIPLES
OF
Human Knowlege.

PART I.

Wherein the chief Causes of Error and Difficulty in the *Sciences*, with the Grounds of *Scepticism*, *Atheism*, and *Irreligion*, are inquir'd into.

By *George Berkeley*, M. A. Fellow of *Trinity-College*, *Dublin*.

DUBLIN:
Printed by AARON RHAMES, for JEREMY PEPYAT, Bookseller in *Skinner-Row*, 1710.

De tan bruto que es, Borges se parece a Marx. El idealismo radical de uno es lo más parecido al materialismo radical del otro. Qué digo parecido: idéntico. Borges es un materialista dialéctico e histórico de armas tomar. El Mao Tse-Tung de la *poiesis*. Basta con ver el retrato que nos ofrece en algunos de sus escritos publicados en los años 1940 en la revista *Sur* de su amiga Victoria Ocampo y en la revista *El Hogar* y luego en el cuento celebérrimo «Deutsches Requiem» (*El Aleph*) de Hitler y del nazismo, un tema sobre el que vuelve insistente en la charla que mantiene con el joven Burgin. Para él, no son Historia: son epopeya. Razón por la que les aplica a ambos, sin la menor reticencia, una suerte de psicología gauchesca, a partir de un enfoque platónico del apocalipsis que no deja por menos de suscitar cierta perplejidad e incluso cierto recelo y temor. A nosotros nos perturbó. Por lo que todo eso implicaba. Porque nos hacía ver el pacto germano-soviético de 1939 desde una perspectiva distinta. Leamos lo que Borges le dice al jovencísimo Richard Burgin para que se comprenda lo que te estoy diciendo a vos, hipócrita lector, *mon semblable, mon frère*:

> Lo que me inspiró el cuento «Deutsches Requiem» fue mi encuentro con los nazis, o más bien con los nazis argentinos. Me pareció que después de todo podía decir algo a su favor. Si practicaban verdaderamente ese código de crueldad y de valor del que hacían gala, se los podía, cómo no, tratar de locos, pero también concederles una dimensión épica. Intenté imaginar a un nazi, no como sería en la realidad, sino un nazi imaginario verdaderamente persuadi-

do de que la violencia y la guerra valen más que la reconciliación y la paz. Quise que se sintiera nazi o que se viera bajo el aspecto platónico del nazi. Escribí dicho cuento después de la Segunda Guerra Mundial. Porque pensé que, al fin y al cabo, nadie hablaba de la tragedia de Alemania. Es una nación importante. Una nación que ha dado a Schopenhauer y a Brahms y a tantos y tanto poetas y filósofos, y que se ha visto presa de una torpe ideología. Me dije: voy a imaginar a un verdadero nazi [...] un nazi persuadido de que vale más un mundo de violencia que un mundo de paz y a quien la victoria le es indiferente, un nazi a quien lo único que importa es el combate. Qué más le da la derrota de Alemania. Significaría simplemente que el adversario supo hacer mejor la guerra. Lo único que cuenta para él es que la violencia exista. [...] Alemania, al principio de la guerra, combatió de forma magnífica. Quiero decir con ello que si uno admira a Napoleón o a Cromwell, o cualquier otra manifestación de violencia, ¿por qué no admirar a Hitler que hizo lo que otros hicieron? [...] A una mayor escala y en mucho menos tiempo. Consiguió en pocos años lo que Napoleón no logró obtener en mucho más tiempo. [...] Entonces me dije: ahora que Alemania ha perdido, que América nos ha salvado de dicha pesadilla, como nadie ignora en qué bando me encuentro, voy a ver lo que puedo hacer, desde un punto de vista literario, por los nazis. Y creé a un nazi ideal. Que nunca ha existido como tal. [...] Durante la Segunda Guerra Mundial en uno de los numerosos artículos que escribí sobre el tema de la guerra, dije que Hitler sería vencido, porque, en el fondo, de su corazón, era lo que verdaderamente él

> deseaba. Sabía que todo el sistema nazi y el proyecto de imperio mundial eran absurdos. O bien pensaba que un fin trágico vale más que el otro, porque, según mi parecer, Hitler no creía en todas esas tonterías sobre la raza germánica. [...] Hitler era un hombre de acción. Combatió, murió, inspiró a muchos hombres. Lo odio y lo considero un loco, pero en cierto sentido era respetable.

La cita es larga, pero hay que reconocer que no tiene desperdicio. En ella se ve claramente por dónde van los tiros. Los tiros de Borges, claro... y los tiros de Hitler y del nazismo. Sin afirmarlo explícitamente, quizá por pudor, Borges ve en Hitler a un gaucho ario pasado por el tamiz epopéyico de los Nibelungos wagnerianos. O eso da la impresión.

Era la repera. Nadie nunca se había atrevido a tanto. Borges sí. Porque Borges se atreve siempre a todo. Considerar la historia como una gran gauchada y ver algunos de los acontecimientos que en ella se dan, se darán o se han dado como las peripecias y avatares de los grandes gauchos que supuestamente la han hecho, ya se llamen estos Napoleón, Hitler, Stalin, Cronwell o Gengis Khan, nos pareció el no va más, y nos abrió horizontes insospechados que confirmaban, por ende, nuestras sospechas: la obra de Borges no era eminentemente literaria, sino eminentemente política, al abordar constantemente en ella, de forma premonitoria y alusiva, los temas más candentes de la humanidad. Se volvía urgente leer sí o sí los textos de Borges de los años 1930 sobre la poesía gauchesca incluidos en *Discusión* (1932 y 1957), y también su *Martín Fierro* (1953), para ver de qué iba la cosa y darnos cuenta de su preclara visión. Nos resultó fácil dar con *Discusión*. En la biblioteca de la Sorbonne había un ejemplar en castellano y en la biblioteca Sainte-Geneviève uno en francés. Pero ni rastro del otro. Acabamos yendo a la Librería Hispanoamericana de la rue Monsieur-le-Prince, donde el propietario, el señor Amadeo Robles, que además de ser un trotskista del POUM era un pedazo de pan, siempre dispuesto a ayudar a quien fuera, sobre todo a los jóvenes de paso, nos sacó de no sé dónde un ejemplar de la primera edición del *Martín Fierro* de Borges con la colaboración de Margarita Guerrero publicado por la editorial Columna. La lectura de ambos libros fue una revelación. Como quien no quiere la cosa, con su modestia habitual, Borges hacía gala de una perspicacia fuera de lo común: Anastasio el Pollo y su amigo Laguna,[1] «dos chacareros chupistas y charlatanes», aparecen en filigrana como los trasuntos de Hitler y de Mussolini; Santos Vega,[2] como el de Churchill; en Martín Fierro[3] ve al *cowboy* Roosevelt; los cielitos dialogados entre Chano y Contreras, del uruguayo Bartolomé Hidalgo (1788-1822), anticipan los trapicheos vergonzosos de Chamberlain y Daladier en Múnich; en los rasgos del gaucho Facundo[4] pudieran bien verse los de Iósif Stalin; en los del gaucho Moreira[5] se sospechan los del socialista Negrín; en los del gauchi-poeta Aniceto el Gallo,[6] los del general de Gaulle. Pero Borges no se contenta con una mera enumeración de personajes y de situaciones. Para él, «un hombre es todos los hombres», «un héroe, todos los héroes», «un tirano, todos los tiranos», por lo que, en buena lógica, un gaucho también es todos los gauchos habidos y por haber, y cada cual, al ser la combinación de todos los demás, es todos y es uno. La dosis es incierta, el resultado no.

1. Estanislao del Campo (1834-1880), *Fausto. Impresiones del gaucho Anastasio el Pollo en la representación de esta ópera* (sobre la obra de Goethe) (1866).
2. Hilario Ascasubi (1807-1875), *Santos Vega o los mellizos de la flor* (1951).
3. José Hernández (1834-1886), *El gaucho Martín Fierro* (1872).
4. Domingo Sarmiento (1811-1888), *Civilización y barbarie. Vida de Juan Facundo Quiroga* (1845).
5. Eduardo Gutiérrez (1851-1889), *Juan Moreira* (1880).
6. Hilario Ascasubi, *Aniceto El Gallo* (1853).

La personalidad de Hitler el gaucho se iluminaba así con una nueva luz. Por más loco que haya sido, Hitler se mueve y actúa en función de códigos y valores que rigen su mundo más allá de cualquier otra consideración: honor, cuchillo (o pistola), valor, fidelidad, destino. De ahí que, en cierto sentido, Hitler suscite el respeto de Borges. Más allá de la victoria o la derrota, avatares intrascendentes de un ciclo eterno, lo que le importa es que el mundo se rija por la violencia y la sangre. Como el Martín Fierro de «El Fin» (*Ficciones*) que sobrevive a su propia muerte en ese otro que acaba con su vida, el nazismo sobrevive a su derrota en quien lo ha vencido, alzándose victorioso así de una guerra que le dan por perdida en todos los manuales de historia:

> Se cierne ahora sobre el mundo una época implacable. Nosotros la forjamos, nosotros que ya somos su víctima. ¿Qué importa que Inglaterra sea el martillo y nosotros el yunque? Lo importante es que rija la violencia, no las serviles timideces cristianas. Si la victoria y la injusticia y la felicidad no son para Alemania, que sean para otras naciones. Que el cielo exista, aunque nuestro lugar sea el infierno. («Deutsches Requiem», *Sur*, 1946)

Se dan cuenta, muchachos, que Borges anuncia la muerte del sujeto veinte años antes que Lévi-Strauss, que Lacan, que Althusser, que Foucault,[1] nos dijo Palacios en-

1. Claude Lévi-Strauss, *La pensée sauvage*, 1962; Jacques Lacan, *Écrits*, 1966; Louis Althusser, *Pour Marx*, 1965; Michel Foucault, *Les mots et les choses*, 1966.

volviéndose con una chalina de alpaca justo antes de despedirse de nosotros… Sí, si mal no recuerdo, esas fueron, ya en la acera del Boul'Mich, frente a La Boule d'Or, a guisa de adiós, las últimas palabras que el argentino Palacios pronunció.

7

El segundo —y el último— en abandonar el barco fue mi amigo Arturo. Pocas semanas después. Corrían los primeros días de diciembre. No se lo reprocho, aunque el anuncio me pillara totalmente por sorpresa. Yo aún estaba intentando digerir la súbita desaparición de Palacios, haciendo cábalas sobre lo que la había motivado, y hete aquí que tuve que digerir la partida de mi amigo Arturo. Jorge, me dijo algo acongojado una noche, sin encontrar las palabras adecuadas, me voy a Madrid con mi novia. ¿A pasar las Navidades?, le pregunté cándido de mí. No, qué va… para siempre. Voy a hacer la revolución y a construir el socialismo y a acabar con el franquismo y a otras cosas más que de momento ignoro. La vida está llena de sorpresas. Uno nunca sabe lo que nos va a deparar. Es ahora o nunca. El Dictador está cada vez más pocho, el régimen cada vez más cierto, la lucha de clases cada vez más dura, así que…

¿Y el club? balbuceé. El club, para mí, se acabó. O casi. En mis ratos libres propagaré el borgesismo entre el proletariado español y entre sus aliados, que lo necesitan... para que vayan descubriendo lo infinitamente grande y lo infinitamente pequeño y lo infinitamente infinito... no les vendrá mal un poco de laberinto y de enciclopedia y de eterno retorno...

La marcha de mi amigo Arturo con su novia coincidió con mi nuevo trabajo: loquero de noche en el hospital psiquiátrico de Moisselles, al norte de París. Adaptarse a un nuevo trabajo no es fácil. Adaptarse a un trabajo en un manicomio con locos requetelocos y otros no tan requetelocos es aún más difícil. Adaptarse a ser el único miembro del club que uno ha fundado también se las trae. Hasta entonces, yo había trabajado de «veilleur de nuit» en un hotel cercano al Bois de Boulogne, de «passe-plats» en otro hotel, el Bristol de la rue du Faubourg Saint-Honoré, a dos pasos del palacio del Elíseo, o pintando paredes y techos de lo que se presentara, garajes, departamentos, tintorerías, *lofts* industriales, tiendas, «chambres de bonne». A mediados de diciembre de 1972 comencé pues de loquero de noche en un manicomio situado en un predio que había pertenecido a la familia Sainte-Beuve, la del crítico literario decimonónico con el que se metió Proust antes de meterse, para nuestro deleite y también para nuestra exasperación, con la insoportable Gilberte Swann y con la no menos insoportable Albertine y con el horrendo protonazi Palamède de Guermantes, barón de Charlus.

Eso me salvó. Esas conexiones literarias subterráneas que entonces ni siquiera sospechaba me salvaron... de la melancolía... del aturdimiento... de la soledad. El argentino Palacios abandonó el club para ir en pos del amor, o eso me pareció a mí... mi amigo Arturo lo abandonó para ir en pos de la revolución, o eso le pareció a él... yo me quedé en el club en pos de la redención, o eso les pareció a los locos a quienes intenté redimir.

***

Ser el único miembro de un club tiene sus ventajas. En realidad, sólo tiene una: nadie te lleva la contraria. Tú eres el dirigente y eres el militante de base... el adoctrinador y el adoctrinado. Es lo que he sido hasta la fecha de hoy: desde entonces, nadie nunca me ha llevado la contraria en mi propio club, al no haber admitido ya, para evitar desilusiones, a ningún otro miembro en él. Compañeros de viaje he tenido muchos. Miembro, lo que se dice miembro, ninguno. Y camaradas, aún menos. Desde que Palacios y Arturo me abandonaron, en mi club no ha habido ya lugar para los camaradas. El único camarada he sido y soy yo: camarada de Borges... y de mí mismo... y de nadie más. No sé si a Borges le hubiera gustado tenerme de camarada. Cuando uno tiene a Bioy no necesita tener a nadie más. Con un Bioy te sobra y te basta. A mí sí me ha gustado ser camarada de Borges. Durante todos estos años. Y seguir siéndolo. A veces más, a veces menos. En el secreto más absoluto de la camaradería. Miembros exclusivos de una misma célula de la que nadie nunca ha sabido nada. Una camaradería privada, como la del lenguaje de Wittgenstein, incapaz de salir de sí mismo. De levantarse del suelo tirando de los cordones de sus propios zapatos. Si Borges y Wittgenstein se hubieran conocido, sí hubieran sido camaradas. Se hubieran entendido a las mil maravillas. O detestado a las mil maravillas. Es bien sabido que los ciegos detestan a los ciegos... los sordos a los sordos... los solipsistas a los solipsistas. No es de extrañar: solipsismo sólo puede haber uno. Si hay más de uno ya no puede haber solipsismo. Habrá otra cosa... solipsismo no.

No creo que Wittgenstein haya sabido nunca de Borges. Borges sí sabía de Wittgenstein. No lo nombra nunca. Pero seguro que sí sabía que un tal Wittgenstein, filósofo y exmultimillonario y ex maestro de escuela y excompañero de Hitler en la Realschule de Linz, existía y daba la tabarra con sus aforismos. A veces, enrevesados. Otras, límpidos.

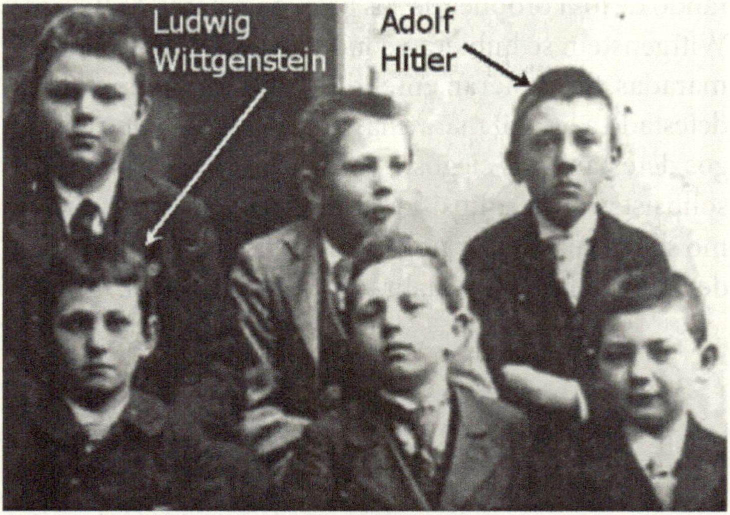

El negro que se carga al Martín Fierro del cuento «El fin» tiene mucho de Wittgenstein... o el Stephen Albert de «El jardín de senderos que se bifurcan»... o la Beatriz Viterbo de «El Aleph». Por mi lado, lo más cercano a Wittgenstein que yo he conocido lo conocí en el manicomio de Moisselles. Allí estaba Wittgenstein en persona. O un trasunto de Wittgenstein, da igual. No era el único en ser el trasunto de alguien. De alguien que resultaba ser siempre otro. En el hospital de Moisselles había muchos más trasuntos de filósofos y de matemáticos y de poetas y de boxeadores y de lo que fuera. La filosofía y la matemática y la poesía y el boxeo son lo mismo. Llegué a pensar que cada filósofo o boxeador habido y por haber tenía un trasunto de él y que ese trasunto estaba encerrado en el manicomio de Moisselles. Una vez más, Borges había dado en el clavo. Todos tenemos al menos un doble. Algunos tienen un triple... o un cuádruple... Los más suertudos... o los más desgraciados... váyase a saber... Los locos del hospital de Moisselles fueron los primeros compañeros de viaje de verdad que tuve. Y los únicos. Después de ellos, sólo he tenido sucedáneos... que no daban la talla... Los locos lo hacen de maravilla lo de acompañarte en un viaje. Ellos están siempre viajando y saben de qué va la cosa. Sin necesidad de explicarles nada. Son ellos los que te explican cosas. A mí me explicaron cosas de Borges que yo no conseguía ni explicármelas a mí ni explicárselas a ellos. Y eso que lo intenté. Fue inútil. Los locos son muy receptivos, y cuando vas con la pistola Borges en la mano apuntándolos, aún más. En un pispás te cambian las tornas.

Ni te das cuenta. Yo los amenazaba a ellos con Borges y, sin saber cómo, eran ellos de pronto quienes me amenazaban a mí con la misma pistola que yo blandía hacía un instante creyéndome el amo de la situación. Todo esto que cuento sucedía con los locos dormidos o medio dormidos. Cuando yo llegaba al hospital, a eso de las diez de la noche, todos se habían ido ya a dormir. Algunos se habían dormido por las buenas. Otros por las malas. Otros hacían ver que dormían, pero no estaban dormidos: estaban despiertos. Un loco que está despierto haciéndose el dormido es terrorífico. Terrorífico cuando te das cuenta de que no duerme. Si no te das cuenta, no lo es. Al principio, yo no me daba cuenta. Era un novato en esto de vigilar locos y un novato no se da cuenta de nada. Sobre todo de las cosas evidentes. Cuando me di cuenta, me pareció que lo mejor para tranquilizarme y sobre todo para tranquilizar a los locos que fingían dormir, pero que estaban la mar de despiertos, era recitarles algún poema de Borges. O leerles alguno de sus cuentos. Cortito, para no alargar la cosa y que no se me desmandaran. Evitaba los cuentos y los poemas con cuchillos y puñales y duelos y venganzas, para no despertar las ideas malsanas que tenían en el bocho. Cualquier pretexto hubiera sido bueno. Al principio se los recitaba en francés para que entendieran de qué iban, pero se ponían aún más nerviosos de lo que ya estaban porque me decían que no comprendían nada de lo que yo les contaba y que ese Borges estaba más loco que una cabra y que para locos ya estaban ellos y sus compañeros y los celadores y los médicos y las enfermeras y los cocineros y qué sé yo quién más. Fue entonces cuando tuve la idea de recitarles a Borges en castellano. Fue un acierto. La mejor terapia. Comencé con un poema minúsculo. Que ni siquiera era un poema. Era algo escrito por Borges y eso bastaba. Se lo recité, para probar, a un loco que se llamaba Martínez, un *pied-noir* de origen español que primero había hecho la guerra de Indochina, luego hizo la guerra de Argelia y luego perdió la razón:

> Yo que tantos hombres he sido, no he sido nunca
> Aquel en cuyo abrazo desfallecía Matilde Urbach.
> (*El Hacedor*, 1960)

Yo conocí a esa Matilde Urbach, pero no se llamaba así, sino Madame Nhu y regentaba un prostíbulo de la rue Catinat en Saigón. Todos los clientes estábamos enamorados de ella, y ella de nadie o de nadie que anduviera por allí, me dijo Martínez cuando acabé. Como se corriera la voz por el manicomio, todos querían que les recitara a Borges en castellano antes de irse a dormir, porque los locos también se hartan de soñar monstruosidades, y de pronto, en el pabellón del hospital donde yo trabajaba, todos fingían dormir cuando en realidad nadie dormía esperando mi llegada. La melodía del castellano los adormecía en un santiamén y por lo que me contaban a la mañana siguiente, al despertar, poco antes de irme yo para casa después de haberlos aseado y cambiado las sábanas cagadas y meadas, aquellos poemas y aquellos cuentos les habían hecho soñar cosas lindas y no cosas horrorosas como las que soñaban sus congéneres igual de locos que ellos, pero sin Borges de adormidera. Aquello se volvió agotador. Recitarles a Borges en castellano noche tras noche era agotador. Y más aún cuando comenzó a propagarse el rumor entre los locos de que Borges era yo. Al principio, dicho rumor me halagó. Ser Borges, aunque sea para una manga de locos de remate, es halagador. Eso sí que es ser fanático de verdad, pensé para mis adentros. De armas tomar. Había dado por fin con los verdaderos fanáticos de Borges. Ellos. Ni yo. Ni Arturo. Ni Palacios. ¡ELLOS! Me asusté. Encontrar lo que uno anda buscando es lo peor que te puede pasar. Se te acaba la esperanza. El deseo. El porvenir. Decidí dejarlo. Yo era demasiado joven para dejar de esperar. Y de desear. Aquellos locos me ganaban en fanatismo y no quería terminar loco yo también. Fui a ver al jefe del personal, el doctor no sé cuántos, para anunciarle que lo dejaba. Que aquello no estaba hecho para mí. Me han llegado rumores de que les lee usted a Borges en castellano, me dijo, y que les va de rechupete. ¿No tendrá usted algún amigo argentino que quiera reemplazarlo? Cuando una terapia funciona no hay razón para cambiar. Al contrario, hay que perseverar. Para sacármelo de encima le dije que sí, que le buscaría a alguien, pero no busqué. No quería que nadie me reemplazara. No quería que aquellos fanáticos de Borges lo fueran para otro que no fuera yo. Por más que yo ya no quisiera ser lo que para ellos era: Borges. Sí, ellos fueron mi verdadera universidad. La única que tuve. Por ellos seguí con mi club. Hasta hoy. No lo abandoné:

abandonarlo hubiera sido abandonarlos a ellos y hubiera sido abandonarme a mí.

AGRADECIMIENTOS:

A Mercè Ibarz
A Laura Claravall